愛が理由

矢口敦子

幻冬舎文庫

愛が理由

目次

本書はフィクションであり、登場する人物名、団体名、組織名等はすべて架空のものです。

序章　美佐子が死んで

空が白みはじめた。窓のむこうからは早くも小鳥達のさえずりが聞こえている。

眠くて、まぶたが勝手に閉じてしまいそう。でも、あと二時間もあれば、全ページを訳し終えるのだ。このまま完成まで突っ走ったほうがいい。いまベッドに入ったら、真夜中まで眠りこけてしまうかもしれない。締め切りは明日だけれど、観劇の予定がある。どうしても今日中に原稿を出版社にわたしてしまいたい。

机の前から立ち上がり、洗面所へむかう。途中キッチンによってパーコレーターのスイッチをいれる。

洗顔し終わって頭をあげると、鏡が目に入った。映っているのは、洗ったばかりなのに水気の失(う)せたような肌、しょぼくれた眼差(まなざ)し、目尻(めじり)と眉間(みけん)によった深い皺、くたびれきった顔だ。

ああ、三十九歳、年には勝てない。昔は一晩や二晩徹夜したって、こんな情けないありさまにはならなかったのに。これじゃ、オバサンと呼ばれても返事をするしかないんじゃないの。

「そうやって自分でオバサンを自認すること自体、問題なのよ」

美佐子の声が聞こえたような気がした。

芦辺美佐子、高校以来の親友。四十歳を一カ月後にひかえて、なぜだか突然若々しい美しさをとり戻した。

一週間ばかり前、高校時代の仲よし四人で会った時のことを思い出す。夫の転勤でニューヨークに行ってしまった坂本真由子の一時帰国に合わせて集まったのだ。

坂本真由子は、世界一の大都会で暮らして三年有余、さぞ洗練されただろうと思いきや、二人の子供を慣れない土地で育てる苦労や同じ会社の上司夫人や同僚夫人との交際について こぼしまくっていた。着るものこそちょっと垢抜けた感じはするけれど、口もとにまで細かい皺がより、誕生月的には一番若いのに、最年長に見えたものだ。

馬場冬美とも二年以上会っていなかった。私は東京都下のK市、彼女は横浜市のT区に住んでいるのだからもっとしばしば会えそうなものなのに、なかなかそうならない。

冬美は三十六歳まで、優雅な独身OL生活を送っていた。それが真由子の渡米直前に、抜き打ち的に結婚した。子供を育ててみたくなったから、というのがその理由で、その願望通り、一昨昨年の秋に会った時は聖母マリアみたいに神々しい表情で生まれたての子供を抱いていた。しかし、一週間前の冬美は、痩せたというよりもやつれたといったほうが当たっている細さになっていた。あまり詳しいことは言いたがらなかったけれど、夫の会社が能力給になったり、お姑さんと同居するようになったり、なにかと大変らしい。

自転車で五分のところに住む芦辺美佐子とは、冬美や真由子と異なり、頻繁に会っている。だから、私は美佐子がどんなふうに変化したか、知っていた。

美佐子は、つい最近までしおれた花のようだったのに、一週間前にはなぜかめっきり美しくなって待ち合わせ場所に現れた。若返って、下手をすると三十そこそこに見える。少し前までは、私のほうがはるかに若く見えたのだけれど。

つもる話が一段落してふっと気の抜けた瞬間に、真由子が言った。

「美佐子って、どこの化粧品使っているの。なんだか前よりきれいになったんじゃない」

「化粧品は学生時代からおんなじよ。髪型は三年前とはちがっているけれど」

「じゃ、腕のいいエステティシャンを見つけたのね。月何回かよっているの」

「エステなんか行っていないわよ。ずいぶん前に一度行ったことがあるけど、女の子に顔や体をいじりまわされるのって、好みじゃなかった」

男にならいいんだ、とは、誰もつっこまなかった。

「化粧品とか髪型とかのせいじゃないでしょう。生活が充実しているんだわ。ダンナがやさしくて、リストラされる心配がなくて、手のかかる子供がいなくて」

冬美のやっかみ半分の論評に、美佐子は大きくうなずいた。

「そうよ。私、充実しているの。とくに精神的に、ね。女なんて、気のもちようでいくらでもきれいになれると思わない？」

あまりの台詞に、みんな毒気を抜かれて、どんなふうに精神が充実しているのか、聞くものはいなかった。

いいなあ。四十を前にして、あんな台詞が吐けるなんて。

私は、鏡にむかってぐしゃっとしかめっ面をした。

私も美佐子のように結婚したほうがいいのかしら。そうすれば、生活のために徹夜して、人さまには見せられない顔になるなんてこともなくなるかしら。

いやいや、結婚が苦労の減少ではなく増大だということは、冬美や真由子の例を見るまでもなく、先刻承知している。だからこそ、ここまで一人で頑張ってきたのに、いまさら結婚に逃げてどうするの。というか、逃げられっこない。もう結婚相手どころか恋愛相手だって見つけられそうもないのに。

あの顔、この顔、過去につきあった男達が脳裏を流れていく。たいした数ではないし、たいしたつきあいでもなかったけれど。

コーヒーの匂いが流れてきて、ぱちんと鼻先を弾かれた心地がした。鏡を見つめたまま、一瞬居眠りをしていたようだ。

きっぱりと鏡から視線をはずし、洗面所を出た。つまらない考えは捨てて、あと三時間、仕事に励むのだ。

逃げる夢を見ていた。誰かに追われていて、美佐子の家に逃げこむのだけれど、美佐子も両親もいなくて、追手はさらに家の中まで侵入してきそうな勢いだ。どういうわけか、私は少量の飲食物をバッグに詰め、国境を越えられるかどうか心配している。国家的陰謀のからんだ逃避行らしい。家の非常ベルが鳴りだし、敵の侵入が始まったことを告げたので、私は決死の覚悟で裏口から外へ出る。そうすると、裏には当然のように刺客がいて、ナイフを私にふりかざし、それは昔私にしつこく結婚を迫った男なのだった。私は必死で携帯電話をプッシュし、警察を呼ぼうとするのだけれど、着メロばかりが鳴っていて――

こちらからかけているのに着メロが鳴っている矛盾に気がついた瞬間、目が覚めた。部屋に「ふるさと」のメロディが流れている。固定電話の子機の呼び出し音だ。その音楽が好きというわけではなく、買った時になぜかそう設定されていたのを、面倒なのでそのままにしてあるのだ。

暗闇の中で手探りして、ナイトテーブルの子機をとる。

「もしもし」

これも手探りで電気をつける。ナイトテーブルの時計が七時五十六分なのを確認。夜の八時？　それとも朝？　寝室には窓がないので、どちらとも判断できない。

しばらく、子機からは返事が来ない。激しい息遣いが聞こえている。いたずら電話？

頭の血がかっと沸騰した。翻訳の仕事は三時間の見込みが結局五時間近くかかり、そのあと編集者と連絡をとったりしているうちに時間が経った。シャワーを浴びベッドに入れたのは、やっと午後二時になってからだった。夜の八時だとすると、まだ六時間しか眠っていないことになる。それを、薄汚いいたずら電話で起こされるなんて。

大きく息を吸い込んで、思い切り怒鳴ろうとした。その時、声が流れてきた。

「広瀬さん、美佐子が……」

え、美佐子？　このか細い声は、美佐子の夫の伸彦なのか。電話で話すことなど滅多にないので、確信がもてないけれど。

「美佐子がどうしたんです」

「美佐子が死んで」

ちょっと待って。私はまだ夢の中にいるの？

「もしもし、もう一度おっしゃって。私、耳がおかしいらしいんです」

「美佐子が死んでいるんです」

仲彦は、少し明瞭な調子になって言った。

美佐子が死んだ。やっぱり、そう言っている。

「いつ、なぜ」

「帰ってきたらいなくて、買い物だろうと思ったんだけど、あんまり帰ってこないんで捜したら、蒲団の中で」

「蒲団の中ですって。本当に死んでいるんですか」

「息をしていないんです。どうしていいのか」

「待って。すぐ行きます」

「お願いします」

電話を切り、手早く着替えて部屋を出た。建物のはじにあるエレベーターを使うほうが時間がかかりそうで、すぐわきの非常階段を五階から下まで駆けおりた。電話を切り駐輪場で自転車を引き出して飛び乗るまで、三分もかかっていなかったと思う。夜のとばりを切り裂くばかりの勢いでペダルをこいだ。

美佐子が死んでいるなんて、そんなことはありえない。明日、一緒に芝居を見る約束をしているのだ。昨日も電話がかかってきて話をしているのだ。ごくつまらない用件で、仕事に乗っていた私はいくぶん苛立って早々に話を打ち切ったけれど。元気そうだった。死ぬ気配など微塵もなかった。

そういえば、「見せたい人がいる」と言っていたっけ。会わせたい人、ではなく、見せたい人。役者のことなんだろうとなんとなく思いこんでいたのだけれど、すごく艶やかな口調だった。もしかしたら、役者じゃなかったのかもしれない。「誰よ」と聞いたら、「いまはナイショ」と秘密めかして笑った。それが癪で、「明後日の朝まで絶対に電話しないで」と強く言って受話器をおろしてしまった。

美佐子は昔から思わせぶりな態度をして、私を焦らすのが好きだった。「見せたい人」が誰かナイショにしたまま、逝ってしまったというのだろうか。いや、ちがう。そこまで美佐子は意地悪じゃないはずだ。

美佐子の家は、数年前にリフォームした一軒家だ。美佐子はその家で生まれ育った。一人娘で、伸彦が養子に入った。美佐子の両親はまだ若かったのに、この数年の間に相次いで亡くなった。二人ともガンだった。

美佐子の家系はガンをひきずっているのだ。とくに、母方の遺伝子がまずかった。母親の姉と叔母が二人、どちらも四十代の若さで乳ガンになり、落命していた。美佐子の母親も乳ガンだった。

「私もきっと五十歳になる前に乳ガンを発症するんだわ。そして、六十かそこらで死んじゃうんだわ」

それが、近年の美佐子の口癖で、一週間前までしおれた花のようだった理由だった。

だが、美佐子はまだガンにはなっていなかった。たとえガンの芽が育っていたとしても、蒲団の中で突然死んでしまうわけはない。だから、これは仲彦の勘違い。美佐子は熟睡しているだけ。

美佐子の家に着いた。玄関や窓に明かりこそ点(とも)っているが、まるで誰もいないかのようにひっそりと静まりかえっている。闇(やみ)の中に沈丁花(じんちょうげ)の甘い香が漂っていて、辺りは平穏そのものだ。

最前の電話自体が誰かのいたずらだったのではないだろうか。そう思って、門扉(もんぴ)のところでためらっていると、玄関ドアが開いて、中から猫背気味の人影がのぞいた。

「広瀬さん？」

仲彦だった。私は門扉を押しあけ、小走りで中に入った。

「ああ、よかった」

と仲彦は、泣き笑いのような顔をした。女性的な細面(ほそおもて)で、いかにも婿養子にふさわしいおとなしげなタイプだけれど、いまはそれが頼りなさの証(あかし)のようで腹立たしい。

「救急車は呼びましたか」

「いえ、まだです。相談してからにしようと思って」

妻が大変だというのに、なにを相談することがあるのか。

勝手知ったる他人の家、私は寝室へむかって階段を駆けあがろうとした。

「あ、そっちじゃありません」

伸彦は、階段の奥の部屋を指さした。かつて美佐子の両親の部屋だった六畳と四畳半の続き部屋である。いまでは六畳間は両親が生きていたころのままに保存、四畳半は仏壇だけ置いてある。その場所自体に戸惑いながら、私は和室へ行った。

引き戸が開いていて、中から白熱灯の柔らかな明かりが洩(も)れている。

四畳半の真ん中に、鶴(つる)と夕焼けの柄の古風で華やかな客用の蒲団が敷かれていた。そして、誰かが仏壇に頭をむけて横たわっていた。廊下から見えたのは、そこまでである。

恐る恐る、中に入った。伸彦も、後ろから息を殺すようにしてついてくる。

蒲団に横たわっていた誰かというのは、誰でもない、美佐子だった。掛け蒲団から両手が出ていて、胸のところで交差させている。

視線を美佐子の顔に移す。両目はきつく閉じ、唇はうっすらと開いていた。いい夢の中で笑っている、そういう印象だった。顔の色だけが、尋常でない青さだった。

美佐子の枕もとには年代ものの小さな火鉢があって、炭の燃え滓があった。四畳半に備えつけの暖房はないけれど、それにしても炭火だなんて。

手をのばして、美佐子の手の甲に触れた。氷のように冷たかった。

「美佐子、美佐子」

小さく呼びかけたが、目を開くことはない。死んでいるのだ、伸彦が言った通り。

「救急車を」

「警察ではなくて？」

伸彦は問いかえした。思わず、伸彦をふりかえった。眼鏡の奥で、伸彦の目は異様に粘っこい光を放っていた。

「美佐子が最後に電話をしていたのは、あなたですか」

伸彦は聞いた。それではじめて、私は気がついた。美佐子の両手の間にはメタリックなピンク色が垣間見えていた。携帯電話だった。しかし、美佐子の携帯電話はオフホワイトではなかったか。

「いいえ、私じゃありません」

なにか頭を殴られたような衝撃を感じながら、私は答えた。

第一章　本当に事故なの？

1

三月十九日、美佐子の葬儀が最寄りの葬祭場で営まれた。

一酸化炭素中毒、というのが、行政解剖で分かった美佐子の死因だった。十五日の深夜から十六日の未明にかけて亡くなったらしい。つまり、発見した時点で、すでに死後二十時間前後が経っていたことになる。伸彦は、十三日から静岡県三島市にある実家へ行っていたという。だから、そんなに発見が遅れたのだ。

事故、ということで決着した。暖房器具のない部屋で寝て、寒かったので火鉢を使った。そして、一酸化炭素を吸い込んでしまったというのである。

なぜ十五日にかぎって四畳半で寝たのか、それほど寒い日でもなかったのになぜ危険な炭火で暖をとったのか、そういう疑問を、警察は抱かなかったようである。

家の窓やドアには鍵がかかっていたということだし、仲彦にはアリバイがあった。遺書も見つからなかった。殺人や自殺を考える余地はないといえるのだろう。

祭壇には、美佐子の明るい笑顔がある。五、六年前の写真だ。だから、最近の肩まで伸ばしてパーマをかけた髪型とはちがう。高校のころからほぼ一貫して続けていたボーイッシュなショートカットだ。それは、美佐子の小さな顔をいっそう小さく見せている。

高校時代の美佐子を思い出させる、いい写真だ。まっすぐにこちらをむいた切れ長でやや吊り気味の二重まぶたの目は、美佐子の勝ち気な性格をよく表していたし、大きめの口は笑いを噛みころしている感じに結ばれて、陽気な印象を与えていた。ただ、黒い瞳の奥には高校時代の美佐子にはなかった、暗い影がわずかに覗いている。このころすでに美佐子の両親は、ガンの告知を受けていたのかもしれない。

写真を見つめていると、古い思い出が堰を切って押しよせ、涙がとまらなくなりそうだった。私は慌てて写真から視線をそらせた。

そらせた先に、仲彦がいた。ハンカチでしきりに目の辺りを拭っている。愛妻を突然の事故で失った哀れな夫。そんなふうに見える。実際そうなのだろう。美佐子を発見してからこっち、ほとんどずっと行動をともにしていたけれど、その間の仲彦の言動もひたすら妻の死に驚きうろたえ悲しんでいる夫でしかなかった。しかし、私は忘れられない。「美佐子が最後に電話をしていたのは、あなたですか」と言った時の、粘っこい目の光を。

　伸彦はなにを考えているのだろう。妻の死をどう思っているのだろう。

　通夜から火葬までずっとつきあっていたせいか、終わったあと、芦辺家の親族から食事に誘われた。しかし、数人いた親族のうち伸彦以外誰とも面識がなかったから、彼らとの食事は気が進まなかった。断って、馬場冬美と一緒に帰ることにした。冬美は、子供を見てくれる人がいないということで通夜には来られなかったけれど、葬儀には駆けつけたのだ。

　途中、二人で喫茶店に入った。私はコーヒーだけだったけれど、冬美はサンドウイッチを注文し、「朝から食べる暇がなかった」と言いつつ、一気に食べた。その一方で目を真っ赤に泣きはらしている。

　私は、日常性と悲嘆との間の関数グラフをぼんやりと思い描いた。yを日常性の継続度とし、xを悲嘆度とした場合、それは多分、$x=0$という値はあるけれども決して$y=0$という値はないだろう。それとも、あるだろうか。$y=0$、悲しみのあまりの死。

「あれからたった十日なのに！」

　冬美は食べ終わると、真っ赤な目を見張って言った。

「まだ信じられないわ。あんなに生き生きと輝いていたのが、十日後にはこんな小さな壺(つぼ)におさまってしまったなんて」

冬美は手で骨壺の形を描いた。

収骨室へ運ばれてきた美佐子が目の中に蘇った。若いせいかずいぶん多かった太い骨を、担当者ががしがし砕いて小さな骨壺に押しこんだ……悪寒のようなものが体を駆け抜けた。

「やめてよ、そんなリアルな話」

「え、べつにリアルじゃないでしょう」

冬美は力なく反論して、メンソールの煙草に火をつけた。三年前、子供のために禁煙したはずなのに、いつの間にか復活した習慣。

しばらく私は悪寒に耐え、冬美も黙って煙草をふかしていた。

やがて冬美は、沈黙に倦んだように口を開いた。

「案外寂しいお葬式だったね」

「美佐子には親戚が少ないから」

会葬した父方の親戚には、伯父・叔父、伯母・叔母や従兄弟・従姉妹など十人ほどいたが、母方のほうは伯父と従兄弟の二人きりだった。

「ダンナの家の親戚も少ないの？」

知らない、と首をふる。

「親族席にいたあれは、ダンナの親戚の名代といっても若すぎるよね」

あれというのがどれか、聞き返さなくても分かった。伸彦がわの親族は一人だけしか来なかったのだ。それも、美佐子の死を全然悲しんでいないような、若い男の子。

「高校生でしょう」

「え、高校生？　なにものなの」

「知らない。紹介されなかった」

予想はついている。去年、美佐子は伸彦の次兄の息子、つまり甥が東京の私立高校を受験するので数日間家に預からなければならなくなったと、憮然としていた。その子だとは思うのだが、会ったことがないし紹介されてもいないのだから、断言はできない。

「けっこう美形だったよね」

美佐子のお葬式でよくそんなことを見ていられたわね。

無言の思いがつうじたのか、冬美はかすかに顔を赤らめた。

「あー……学生時代の友人もあまり来なかったみたい。友香や谷さんには当然会えると思っていたのに」

「知らせなかったんじゃないのかな、伸彦さんが」

「どうして」

「さあ。友人名簿が見つからなかったとか」

「あなたが教えてあげればよかったのに……それどころじゃなかったか」

冬美は鼻まで曲がるほど、口をひん曲げた。

「せめて真由子がまだいる時だとよかったのに」

真由子は先週の土曜日にすでにアメリカへ帰っている。

「真由子はなんて言っていた？」

真由子への連絡は冬美にまかせてあったのだ。真由子から一昨日留守番電話が入っていたが、こちらからはまだかけ直していない。

「真由子も驚いていた。お葬式に来たいけれど、帰国したばかりだから、無理だって。あなたにもよろしく言っていたわよ」

冬美はちょっと口ごもってから、

「ねえ、真由子の第一声、なんだったと思う？」

「なんだったの」

「本当に事故なの？」

心が、ぴくりと勢いよく跳ねた。

「そして私は、私もそう思っていた、と言ったのよ」

ああ、同級生三人、同じことを考えている。

「ねえ、警察にもいろいろ聞かれたんでしょう」

「そんなにいろいろでもないわ」

「美佐子のダンナは聞かれたわよね」

「そうでしょうね」

「麻子（あさこ）ったら、なんだか水臭い」

「え、どうして」

「ひどく慎重なものいいをしている」

言葉に窮した。私が一番疑っているから、とは言いにくい。なんの根拠もないのだから。

しかし、冬美はストレートに疑問をぶつけてくる。

「美佐子のダンナは、都庁のお役人だよね。どうして休日でもないのに実家へ帰っていたの」

「おばあちゃんの介護をするために帰ったそうよ」

「おばあちゃんて、母親のこと？　それで、お葬式に来ていなかったの、ダンナの実家の人達」

「母親じゃなくて、祖母。九十五歳になるんですって。寝たきりで、伸彦さんのご両親がつきりで介護しているんだけれど、そのご両親が軽い脳溢血、肺炎と相次いで倒れて、それで伸彦さんが代わりにおばあちゃんの面倒を見にいったということらしいの」

「ダンナには兄弟が二人ばかりいるんじゃなかったっけ。だから、養子になったって聞いたような気がするけど？」

「ああ、いるようね。でも、ご両親のほうだって、看護しなきゃいけなかったんじゃないの。三人の病人に三人の看護人」

ふんと鼻を鳴らして、冬美は煙草を灰皿に押しつけた。「そして、美佐子のお葬式にむこうの家の人達はたった一人しか来なかった」

「人手不足だったんでしょう」

「美佐子はむこうの家の人達と折り合いが悪かったんじゃないの。暇をもてあましているくせに、おばあちゃんの介護に行ってあげなかったくらいだから」

そうかもしれない。美佐子がむこうの実家へ行ったという話は、この十二年間で一、二度しか聞いたことがない。

「それどころか、ダンナともうまくいっていなかったのかもね」

と、冬美は夫の背広のポケットを探るような目で、私を見た。

「知らないわよ、そんなこと。いくら間近に住んでいるからって」

「美佐子は夫婦仲についてなにも言っていなかったの」

「そりゃあ、喧嘩した時なんかはいろいろぐちゃぐちゃ言っていたわよ。美佐子の両親にくらべれば、理想的な夫婦とはいいがたかった。でも、とくに仲が悪いっていうわけじゃあなかったと思う」

「そうなの」

冬美は、ちょっとかたむけた首で、うなずいた。

「そりゃあそうかもね。子供は絶対につくらないという主張を、ダンナが受け入れたんだから」

美佐子は学生時代から、結婚しても子供はもたないと宣言していた。私達は美佐子を子供嫌いなのだろうと思っていたが、そういう理由ではなかったらしい。美佐子はガン体質が子供に遺伝するのを恐れていた。ことに女の子だったら、乳ガンの危険性を背負いこませることになると信じこんでいた。それで、子供をつくらない決心をしたのだ。伸彦がこの方針について不満をもっていたかどうかは知らないが、受け入れたことは確かだ。婿養子になる、子供はもたない、この二つが二人の結婚の条件だったのだ。

「十日前、あんなに溌剌としていたんだから自殺とは考えられないし。すると、やっぱりただの事故なのかな」

しばらくして、冬美は独り言のように言った。

「だけど、腑に落ちないのよ」

私は本音を吐いた。

「美佐子があの日にかぎってなぜ仏間で寝ていたのか、そんなに寒くもないのに火鉢を持ち込んで炭を燃やしていたのか」

「そうよ。そこ、断然おかしいわよ」

「それに携帯」

「携帯？」

「両手に大事そうに抱いていたのよ」

「へえ、大事そうにね」

冬美は好奇心にかられたようだが、一方で戸惑いも感じたらしい。

「でも、電話で悪い情報が入って自殺する気を起こしたんだとしたら、そんなふうに携帯を胸に抱えて死んじゃうことはないわよね」

「うん。それに、幸せそうな笑みを浮かべていたんだから、自殺ということは絶対にないわよ」

「やっぱり事故……」

話は堂々めぐりしてしまう。

冬美は思い出したように腕時計を見た。

「あ、もう帰らなきゃ。お義母さんに、四時までに帰るって約束して来たから」

「お姑さん、あんまり子供を見てくれないの」

「忙しいの。水墨画だ、フラダンスだって、なんだか毎日レッスンがあるみたいなの」

「お元気なのね」

「とっても。若いころは自由がなかったから、いま目一杯人生を謳歌するんだって、口癖だわ。もう少し生活を慎んで、年金を一部でも入れてくれればいいんだけど」

冬美の顔に険が表れた。あ。悪口が出るのかな、と思ったが、そうはならなかった。

「ま、現役時代はせっせと働いて、老後はあんなふうに暮らせるというのは理想だけれどね。政府の浪費のせいで年金が減らされないことを願うばかりだわ」

冬美は、バッグからコンパクトを出して覗いた。唇をイーという形にして口紅をひき直しながら、

「ああ、みっともない。目が真っ赤」

「仕方がないわよ」

冬美は上目遣いでこちらを見た。

「あなたの目は赤くなっていないのね」

一拍おいて、続けた。

「だけど、やつれた。ご飯もろくに食べていないんでしょう。駄目よ、そんなことじゃ。どんなに悲しんでも死んだ人は返ってこないんだから」

冬美は時おり人の心を見透かしたようなことを言う。私はほほえもうとしたけれど、それが笑顔になったかどうか自信はなかった。

2

眠れない。眠ろうとすると、竈(かま)から出てきた美佐子が目の裏に現れる。そして耳の中には、がしがしと太い骨を砕いていた音。もう、初七日もすぎようというのに。

火葬場へなんか行かなければよかった。骨揚げに立ち会わなければ、美佐子のあんな姿を見なくてもすんだのに。

けれど、あの時は最後の最後まで立ち会わないではすませられなかった。美佐子の両親が亡くなってからは、誰よりも強く私が美佐子と心をかよわせていた。どんなに辛(つら)くても、すべてを見届けるのが私の務めだと思っていた。

カーディガンを羽織って起き出した。バルコニーに出る。

六階建ての五階。以前はこれでも充分満足のいく眺望だった。しかし、マンション・ブームでこの二、三年の間に町にはこのマンションよりもさらに高い建物がふえ、すっかり視界をふさがれてしまった。見えるのは足もとの十数軒の民家と、道路のむこうに立つ二棟のマンションの灯火ばかりである。あれが建つ前なら、美佐子の家の明かりもわずかながら見えたのだけれど。

仕事に追われて目が疲れた時など、よくバルコニーに出て、美佐子の家の、夜ならば明かりを、昼ならば屋根を探したものだった。見つかると、まだ眼精疲労もたいしたものではないと結論して、またパソコンの前に戻ったのだった。

だが、それはもうできない。かえってよかったのかもしれない。あの屋根の下、あの明かりのもとに美佐子はもういないのだと、落胆することにならずにすむ。

小刻みな震えがきて、両手で自分の体を抱えた。寒い。カーディガンを羽織っているとはいえ、まだ三月の夜気は冷たすぎる。

室内に戻ったところで、電話が鳴りだした。時計は一時になろうとしている。こんな時間にかけてくるのは……。

急いで電話台へ行った。

「もしもし、眠っていた？」

思った通り、真由子の声が流れてきた。面とむかっているとせかせかした口調が、国際電話をとおすと不思議とのどかに聞こえる。心にぽっと薄明かりがともった気がした。

「ああ、ううん、まだ。電話もらっていたのに、連絡しないでごめん」

「いいわよ。どうせ落ち込んでいたんでしょう」

うなずいたけれど、電話で伝わるわけがない。

「少し呂律がおかしいね。お酒飲んでいる？」

「ワインを二、三杯。ごめんなさい」

「謝ることはないわよ。そっちは夜だものね。こっちはいまお昼どき。子供も学校だし、のんびりしている」

大きな窓ガラスからさしこむ光を浴びて、ゆったりくつろいでいる真由子の姿が見えるようだ。まぶしさで、目眩がした。

ちがう。これは寝不足による目眩だ。電話台のふちにつかまりながら思う。アルコールじゃ役立たない。明日こそ病院へ行って、催眠剤を調合してもらわなければ。

「もしもし、聞いている、麻子」

「ええ、聞いているわ」

「それで、この前日本に帰った時の写真を見ていたら、話がしたくなっちゃってね」

この前の写真というのは、四人で会った時のものだろう。真由子は持参のデジタル・カメラでさかんにみんなを撮っていた。あとでメールで送ると言っていたが、まだ届いていない。

「美佐子がもうこの世にいないなんて、とても信じられない。誰よりも生き生きとしていたのに。なにかの悪い冗談を聞かされている気がする」

「私もそう思えるといいんだけれど。でも、私は最初から立ち会っているから、そんな空想ができないの」

「そうかもしれないわね」

と真由子は溜め息をついてから、がらりと気持ちを切り替えて、怒ったように言った。

「それにしても、事故だとは考えられない」

「ああ、それは冬美ともしゃべったけれど。でも、じゃあなにが起こったかとなると、事故以外考えつかないのよね」

「美佐子のダンナ、伸彦さんだっけ、彼、怪しくないの？」真由子はいきなり核心をついてくる。「警察は彼のアリバイをちゃんと確認しているのかしら」

「ええ、そうみたいよ」

と、私は冬美にしゃべったのと同じことを説明した。

聞き終わると、真由子は呆れたように言った。

「それじゃあ、伸彦氏のアリバイというのは、身動きできない九十五になる老人の証言だけなのね」

「そうなるわね」

「じゃあ、アテにならないわ。三島なんて、おばあちゃんが眠っている夜中に行って帰ってこれる距離じゃないの」

真由子があんまり簡単に決めつけるので、私は反論したくなった。自分でも伸彦に疑惑を感じているくせに。

「美佐子が伸彦さんに殺されたというの。どんな理由があって」

「最近の美佐子の美しさは、浮気のおかげね。それが理由よ」

私は鼻白んだ。私も美佐子の浮気を疑っていなかったわけではない。しかし、それが伸彦が美佐子を殺したという根拠になると断言するのはどうだろう。

「伸彦さんは、浮気されて殺したくなるほど美佐子を愛していたかなあ」

「夫婦の間に愛情があろうとなかろうと、浮気されたら、やっぱり腹が立つものよ。所有権を侵害された気分というのかな。それが高じて殺したくなっても、おかしくはないわ」

真由子は経験があるような言い方をする。ふだんならつっこんで聞きたいテーマだ。しかし、いまはそんな気にはなれない。

「だけど、そんな男性とどこで知り合ったというの。知っているかぎり、美佐子は簡単に浮気相手が見つかるような場所に出入りしていた形跡はないわよ。市役所のアルバイトは長いことやっていないし、合唱サークルも両親の病気以降やめちゃったし」

「いまはインターネットという手段があるじゃないの。美佐子はけっこう活発にネット・サーフィンしていたんでしょう。暇をもてあました主婦が出会い系を覗いていなかったという保証はないわよ」

真由子は興が乗ったらしく、しゃべりつづける。

「あるいは、伸彦氏ではなくて、浮気相手が殺したということも考えられなくはないわね。相手は遊びのつもりだったのに、美佐子が本気になって邪魔になったとか、逆に美佐子が別れたくなったのに相手は別れるくらいなら殺したほうがいいと思ったとか。出会い系サイトで知り合ったような若い男が相手だとしたら、そんなキレ方もありじゃない？」

真由子は遠い異国の地にいて、友人の死も、小説かなにかの想像上の出来事としてしか受けとめられていないんじゃないだろうか。

「あなた、ミステリ小説の読みすぎじゃないの」

「あら、そんなことないわ。最近、事実は小説より奇なりで、なんでもありの時代になっち

ゃったんだから。でも、やっぱり本命は仲彦氏だな。家のドアに鍵がかかっていたというこ
となら、仲彦氏しかありえない」
「だけど、彼がやったのだとしたら、鍵はあいていたと偽証してもよかったんじゃないの。
よけいな疑いをかけられずにすむわ。もっとも、事故に見せかけられるという、よほどの自
信があったのかもしれないけれど」
「やっぱりいろいろ考えているんじゃないの」
真由子は、笑いを含んだ声で言った。親友が亡くなったのにミステリ小説を読むようにあ
れこれ考えていると思われたら、心外だ。
「私、楽しんでいるわけじゃないわ」
「知っているわ。私だって、楽しんでいるわけじゃない」声が真剣味を帯びた。「あなた、
調べなくちゃ駄目よ、美佐子の死の真相」
思いもかけないことを言う。
「だって、私がどうやって」
「昔つきあっていた、平田さんとかいう人が警視庁に入ったんじゃなかった？　彼にたのん
でみたらどう」
つまらないことを覚えている子だ。

「平田さんは警視庁を辞めたみたいよ。まだいたとしても、管轄がちがえば口出しなんかできないでしょう」

「そうなの。なんで警官を辞めたの。いま、なにをしているの」

「知らないわ。もう十数年も連絡とっていないから」

「探偵になっているかもしれないわよ。連絡してみたら」

「警察を辞めた人間が探偵になるなんて、そんな短絡的な」

「殺人事件を調べるのに、あなた一人じゃ心もとないでしょう。是非とも平田さんの助けを借りなくちゃ」

真由子はしつこい。昔からそういうところがあって、手を焼かされた。

「平田さんに連絡するくらいなら、美佐子の死の真相は知らなくてもいいわよ」

真由子は束の間沈黙した。

「本当にそうなの」

低い、ドスがきいていると表現してもいい声で聞いてくる。高校時代、そういう声をむけられると、私だけではなくリーダー格の美佐子もひるむことが多かった。

いま、その声に押されたから、というわけではなく、私は自問自答する。本当に美佐子の死をこのまま事故として片づけてしまっていいのか。

白い太い骨、がしがし砕く音。鶴と夕焼けの蒲団の中で眠るようだった顔。そして、両手の間にあったメタリック・ピンクの携帯電話。最後に彼女が話した相手は、誰だったのだろう。

気持ちが、弾けた。

「ううん。知りたいわ。美佐子がなぜ四畳半で寝ていたのか。なぜ炭を燃やしたのか、なぜ四十にもならないうちにあんな姿にならなければならなかったのか、知りたいわ」

「じゃ、誰であろうと、役に立つ人は使うことよ」

真由子はすかさず言う。

「分かった」

と、答えるしかない。

「よかった。頑張ってね。ニューヨークから声援しているわ」

真由子はすっかり穏やかな口調になって、電話を切ろうとした。

「あ、待って。あなたが見ていたというその写真、まだ送ってもらっていないんだけれど」

「え、あ、そうだっけ。すっかり忘れていた。じゃ、いまから送るわ」

「うん。よろしく」

パソコンを起動して待っていると、数分後に真由子からのメールが来た。

添付された写真は全部で五枚。

「all」と題されたファイルの写真は、六本木ヒルズの広場で、真由子がその辺にいた人をつかまえてシャッターを押してもらった、全員が写ったものだった。顔が小指の先ほどの大きさしかないけれど、四人がそろっていることで、あの時の楽しさをあますところなく封じ込めていた。辛くなって、すぐに閉じた。

「M・S」は、真由子の写真だった。実物では目立っていた小皺が、パソコン上では完全に消えている。あるいは修整してしまったのかもしれない。生だとちょっと派手だったサーモンピンクのセーターがよく似合っている。おかげで、おかっぱ頭の丸顔は高校時代そのままに見える。四人の中で一番子供っぽくて、我儘だった少女。

「F・B」、真っ白な顔の冬美が現れた。唇は真っ赤だ。こんなに厚化粧だったかと、あらためて驚いた。高校時代の面影がちっとも残っていない。冬美は清純派の美少女で、みんなの中では一番もてた。年とともに少しずつ体重をふやしながらも数年前まで魅力を保っていたのだけれど、この写真はなんというか、狐の白いお面をつけたようである。

「A・H」、自分の写真など見るまでもないと思ったが、開いてしまう。真由子同様パソコン上だとしみやらたるみやらが消えて、高校時代を容易に連想できる。鈍臭い女の子だったと自認していたのだけれど、この間のみんなの話では冷静沈着な性格だと買いかぶられていたらしい。この時の私には鈍臭さも冷静沈着さも皆無で、浮かれた雰囲気だった。一週間後を予知する能力がなかったから。

そうして、最後に「M・A」が残った。大きく息を吐いた。ポインターをクリックする指が、わずかに震えた。

美佐子が現れた。その存在を消す一週間前の顔。祭壇に飾られていたのとはまったくちがう、ふっくらした女らしさの漂う、若々しい女性、見知らぬといっていいほどの。それでも、大好きだった勝ち気そうな目に変わりはなく、まっすぐ正面をむいている。過去から私を見つめているように思えた。

涙でモニターが曇った。

駄目だ。泣いてはいけない。泣くのは、美佐子の身になにが起こったか確かめてからにするべきだ。

ファイルを閉じる前に、そっとモニターに指を触れた。美佐子の頰から唇にかけて。液晶画面が細波だって、美佐子の口もとがかすかに歪んだ。それは、喜びの表情を作った。美佐子も私が真相究明に乗り出すことに賛成してくれたのだと思う。

二時になっていた。パソコンの電源を落として、ふたたびベッドにもぐりこんだ。びっくりするほど素早く睡魔が訪れた。ああ、したいこと、しなければならないことが明確になったからだ。眠りに落ち込む寸前に、そう思った。

3

真由子は平田一晃に支援をたのめと言い、私も分かったとは答えたけれど、さすがにそれはしたくない。プロポーズにイエスと答えられずに別れてから、十数年経つ。むこうはもう誰かと結婚して幸せに暮らしているだろう。できるなら、二度と会わずにすませたい。

まずは正攻法でいこうと思う。仏さまを拝ませてほしいと言えば、伸彦は家に入れてくれるだろう。美佐子の部屋を探すこともできるはずだ。恋人がいたのだとしたら、なにかしらその手がかりが残っているにちがいない。

伸彦は今週一杯休みだと言っていた。朝目覚めると、化粧もそこそこに芦辺家へ行った。

芦辺家を訪ねるのは、葬儀以来である。十五日を命日と定めれば昨日が初七日だったはずだけれど、招待がなかったので行かなかった。伸彦は宗教行事にあまり関心がなさそうなので、なにもやっていないのかもしれない。美佐子は、両親の死後、初七日やら三十五日やら四十九日やらそんなものは面倒だと伸彦が言いはなったと、立腹していたから。

門扉のインターフォンを押しても、しばらく応答がなかった。こんなに早くから外出してしまったのかしらと心配になったころ、伸彦の声が聞こえてきた。

「どなた」

「広瀬です」

「ああ、少し待ってください」

五分ほど経って玄関に現れた伸彦は、だらしなく着込んだポロシャツとジーパン姿で、無愛想な顔つきをしていた。髪にも櫛が入っていない。

「まだ寝ていらした？　すみません。美佐子の夢を見てしまって」

持参した桜餅と水仙の小さな花束を見せた。桜餅は、美佐子の好物だ。だった、と過去形にしなければならないか。

「昨日来てくれるかと思っていました」

伸彦がにこりともせずそう言ったので、唖然とした。

「法要のお招きがなかったので、ご遠慮したんですけれど」

「特別なことはなにもしなかったので、招待するのもおかしいと思ったんです。ただ、広瀬さんのことだから、来られるだろうとばかり思っていて」

「すみません」

私が謝る側かと思ったが、とりあえずそう言った。

後飾(あとかざ)りが置かれているのは、仏間である。この真ん中に蒲団が敷いてあって、美佐子が横たわっていて……頭に浮かんできそうになる光景を、無理やり抑えつける。

遺骨が遺影の場所に鎮座している。遺影はない。

祭壇のまわりには、紐(ひも)もといていない菓子箱がいくつもあった。花瓶の花は、どこにでも売っている仏花だけれど、昨日換えたばかりのようだ。

まず焼香して手を合わせる。背中に視線を強く感じる。伸彦のいるところで美佐子にむかってなにかを言う気にはなれない。形ばかりの合掌になった。

拝み終わってふりかえっても、伸彦は目をそらさなかった。

「あの、小さな花瓶がほしいんですけど」

私は、水仙の花束を指さした。

「そういうのがどこにあるか、さっぱり分からなくて」

と、伸彦は予想通りの言葉を口にした。

「私、分かると思います」

立ち上がった。花瓶類は階段の下の物入れにあるはずだ。しかし、私は言った。

「美佐子さんのお部屋に入っていいですね？」

「ああ、どうぞ」

四畳半を出て、二階へのぼっていった。伸彦がついて来るかと思ったが、来なかった。

二階には六畳大の洋室が二部屋と、八畳大の洋室が一部屋ある。八畳大と北側の六畳大の部屋は和室だったのを、数年前のリフォームで洋室にし、現在は大きいほうを夫婦の寝室に、小さいほうを伸彦の書斎に使っている。

美佐子の部屋は南側の六畳大の洋室で、これは美佐子が中学生になった時に彼女のために建て増したものだそうである。結婚後も美佐子一人の部屋として使われてきた。

室内に入ると、感傷が押しよせてきた。そこここに、美佐子の影がまとわりついている。窓のカーテンは数年前につけかえたのだけれど、ブルーの地に大小の星を散らした乙女チックなものだ。「ママが私のために縫ってくれたのよ。私にお似合いなんですって」と、美佐子は苦笑まじりに話していた。

右手には二十年来愛用しているレコード・プレーヤー。レコードも数十枚残っている。半分は両親譲りのジャズやクラシックのＬＰ、半分は山口百恵や中森明菜といったアイドルのＳＰだ。いまでもたまにかけていた。

そのレコードを聴く時に座るのが、デッキチェアだ。張られた布は、貝と波をあしらった浜辺むきの柄。これも母親が張り替えたらしい。美佐子がこれにゆったりと肢体をのばし、私は小さな丸テーブルと対になった丸椅子に腰かけ、何時間もおしゃべりしたものだった。

　机などは高校時代からずっと同じもので、昔は辞書類が載っていたのがいまではノート型パソコンとプリンターに替わっている。このパソコンで、母親の乳ガンの新しい治療法を懸命に探していた美佐子は、悲痛でありながらも美しかった。

　私は感傷をふりきった。小さな花瓶一つ探すのに、そんなに時間をかけていては、伸彦の不審を誘うだろう。なにも考えずに、手早く行動しなければならない。

　パソコンのスイッチを入れた。貴重な情報は、この箱の中に詰まっているにちがいない。

　パソコンが起動する間、机の引出を見る。

　右側一番上の小引出には、学生時代からずっと同じではないかと思える配置で文房具類が入っていた。二番目には、スペアのインクタンクとパソコンのマニュアル類が何冊か。

　一番下には印刷用紙と印刷済み用紙が入っていた。印刷済み用紙のほうは五センチくらいの厚さがある。なにか有益な情報がまじっていそうだけれど、詳しく見ているわけにはいかない。

　試みに、手前の用紙を一枚だけ引き抜いた。中央に「ジェネチクス・サービス」というロゴがあり、青の単色でＤＮＡっぽい二重螺旋が描かれていた。「入り口」とある下に、メール・アドレスが記されている。ごくシンプルなデザインだが、企業のウエブサイトのトップ・ページだろう。それならば、持ち帰るまでもない。あとで我が家からアクセスしてみればいい。サイト名だけしっかり頭に刻みこんだ。

そうしている間に、やっとパソコンが起ち上がった。しかし、パスワードを要求している。

美佐子が使いそうなパスワード。仲彦の盗み見を阻止するためだろうから、仲彦が簡単に思いつくものではないはずだ。とすると、彼女の両親の名前や生年月日などは、はなから失格だ。私の名前はもちろん、真由子や冬美の結婚前の苗字というのも論外だろう。二人の旧姓を仲彦が覚えているいないにかかわらず。

美佐子の高校時代のボーイフレンドはなんて名前だったかしら。あれなら仲彦も知らないだろうけれど、あいにく私も思い出せない。もしこの名前を使っていたとしたら笑えるなと思いつつ、「HIRATAKAZUAKI」と入力してみる。

開いた。

笑うどころではなく、胸にひっかき傷ができた。美佐子は平田一晃をまだ覚えていたのか。しかも、パスワードに使うだなんて。そりゃあ、絶対に仲彦の知らない名前ではあるけれど。すると、美佐子が一晃に結婚を申し込んだのは、私に説明した、彼の浮気心を試したというような理由からではなかったのだろうか。もしかしたら、本当に一晃を好きだった……。一晃は全然美佐子のタイプではないと思っていたのに。

思考が過去にのめりこみそうになった。いけない。メールとウエブサイトのお気に入りを調べたいのだ。考えている暇はない。

アウトルックエクスプレスを起動し、受信トレイを開く。差出人の部分だけざっと見たところ、十数種類のメール・マガジンと真由子からのメールで占められているようだ。数は多くない。たった二十一通だ。

送信トレイと下書きトレイになにもアイテムがないことを確認し、次に送信済みトレイを開く。数通しかなく、そのうちの一通が私宛(あ)て、残りが真由子宛て。

削除済みトレイを開く。ここは見事にからっぽだった。美佐子は最近、メールを整理したのではないか。そんな気がした。

ここまででもう、部屋に来てから十五分が経っている。仲彦は怪しみはじめていないだろうか。焦りながら、エクスプローラのアイコンをクリックする。

「お気に入り」に入っているのは、病気関連が主なようだった。病院のウエブサイトや「乳ガンになって」といったような名前のサイトが目立つ。ゆうべの真由子の言葉、「出会い系サイトで知り合ったような若い男が相手だとしたら」が頭に残っていて、出会い系のサイトを見つけることになるかと思っていたのだが、それらしき名称は見当たらない。

目の中を、メタリック・ピンクの携帯電話がちらつく。最後まで肌身から離さなかった、私の見知らぬ携帯。あるいは、パソコンではなく、携帯で出会い系に接続していたのかもしれない。あの携帯電話は、どこにあるのだろう。私の見知ったオフホワイトの携帯も見当たらないけれど。

パソコンを終了し、慌てて部屋を出ようとして、机の左側の引出を調べていなかったことを思い出した。この調子ではなにもないだろうとは思ったけれど、とってかえし、引出をあける。

がらんとした中に、ピンク色とオレンジ色のクリア・ファイルが一冊ずつ入っていた。ほかには、ほとんど使われた形跡のないレター・セット。

オレンジ色のファイルを開いてみて、ちょっと驚いた。インターネットから集めた料理のレシピが何十枚も入っていたのだ。母親が料理上手だったせいで、美佐子はあまり熱心な料理人ではなかった。早くから自炊している私のほうが、美佐子よりも手早く安くおいしい食事を作れる自信がある。

母親が亡くなって二年、美佐子はそろそろ自分でも料理の腕をあげ、レパートリーを広げようと努力していたのかもしれない。ただし、そのわりには、私にあまりその成果を披露してくれることはなかった。いったい誰を実験台にしていたのだろう。伸彦か、存在不明の恋人か。

ピンク色のファイルを開いてみると、こちらは予想通りのものが出てきた。催しもののチラシと半券である。美佐子は、以前から自分が行った映画などのチラシと半券をセットにして、その年ごとに保存しておく趣味をもっていた。今年に入ってまだ間がないのに、もう二十頁(ページ)までいっている。二十頁目が私と行くはずだった三月大歌舞伎のチラシだったので、胸がつまった。

チラシとともにチケット・センターの袋がファイルされている。もちろん、中は未使用のチケットだ。三月十七日の歌舞伎座、昼の部。だが、それだけではなかった。同じ出しものの千秋楽の分が二枚、入っていた。

美佐子は同じものを二度も観劇するつもりだったのだろうか。それも、誰かと一緒に。そして、その人物の分のチケットも美佐子が買ったということだろうか。

さらによく見ると、私達は二等席だったのに、このチケットは一等席になっている。私と見る時よりも奮発したということだ。

ますます美佐子の「恋人」の存在が現実味を帯びてきた。

その恋人は若い可能性がある。チケットの料金をあとから美佐子に払うという話になっていないかぎりは。

この年になって、若い男と知り合うチャンスなどそんなにあるものではない。美佐子が出会い系サイトを使っていた疑いはいよいよ濃くなってきた。

階段をおり、階段下の物入れをあけた。眼前に火鉢が現れたので、声をあげそうになった。あの、美佐子の枕もとにあった火鉢だ。心臓の動悸がしばらくおさまらなかった。

ひざまずいても頭がつかえる程度の高さしかないが奥ゆきの深い物入れで、以前は滅多に使わないものが奥にあり、手前に花瓶類が並んでいたのだ。

火鉢をのけると、花瓶が出てきた。箱入りの高価なものも、百円ショップで買ったようなものも、一緒くたにつっこんである。火鉢の置場を確保するためだろうけれど、美佐子が見たら目を三角にするにちがいない。

持ってきた花束にちょうどいいガラスの花瓶を探し出し、洗面所で水を満たし、和室に戻った。仲彦の姿は消えていた。

ＯＬ時代華道をやっていた美佐子なら、水揚げしてあげなくちゃかわいそうだと言うだろうけれど、美しさを愛でるだけで花の知識のない私は水仙をそのまま活けてしまう。

花束を包んでいたセロファンを持って、居間兼食堂へ行く。食卓のほかに応接セットやアップライト・ピアノを置いてもなおゆとりのある広い部屋だ。

仲彦はそこにいた。私を見ても、「遅かったですね」とも言わなかった。食卓の椅子で新聞を読んでいた、煙草をくゆらせながら。

　思わず、眉間に皺ができた。美佐子の一家が諄々と説いて、伸彦に禁煙させたはずだった。煙草は発ガン因子の最たるものなのだから、芦辺家にとっては凶器も同然だった。衣類に煙草の臭いがつくことも嫌って、外での喫煙も禁止にしていたはずだ。しかし伸彦は、美佐子が亡くなって間をおかずに、禁煙を破ったらしい。そういえば、家の中に入った時異臭を感じたのだ。早くも煙草の臭いが染みつきはじめたようである。

「お茶もどこにあるかよく分からなくて」

　と、伸彦は新聞から目をあげた。

「いれましょうか」

「ああ、そうしてもらえるなら、おいしいコーヒーをいれてほしいですね。コーヒーミルがどこにあるか分からなくて」

　コーヒー豆を挽くところから始めろというのか。

　伸彦は皮肉っぽくつけくわえた。

「勝手知ったる友人の家ですからね。ものの置き場所は私より詳しいくらいじゃないですか」

「そんなことはないですよ。私達、そんなに会っていたわけじゃありません。一方的にこちらにお邪魔していたわけでもありませんし。去年などは年に十回も来ていませんよ」

　伸彦のためにわざわざコーヒー豆を挽くのは面倒だった。私はそのまま伸彦のむかいの椅子に腰をおろした。

　伸彦は新聞をわきの椅子に置いた。そこにはすでに新聞が山積みになっている。伸彦の背後にはちゃんと入れておくところがあるのに、とマガジン・ラックに目をやって、あれと思った。新聞でも雑誌でもなく、英和辞典が入っている。ぴかぴか輝いているような真新しい箱入りだ。美佐子の卒業後、この家で英和辞典を見た記憶のない私は、ちょっと奇異な思いにとらわれた。

「かける四半世紀ですね」

　と、伸彦は言った。私は、マガジン・ラックから伸彦に目線を移した。

「はい？」

「高校一年の時からのつきあいでしょう」

「ああ。でも、あのころからお互いいろいろと変遷があるし、単純に四半世紀をかけられても……」

「広瀬さんがいまのマンションに越してきたのは、いつごろだったんです」

　この男は、私の身上調査をしようというのだろうか。

仲彦の顔を見直した。影の薄い人でじっくり眺めたこともなかったのだけれど、よくよく見れば薄い唇や尖った顎は酷薄そうだし、眼鏡の奥の二重まぶたの目も決して柔和ではない。それとも、仲彦は、妻を亡くしたこの一週間余りの間に変化したのだろうか。そうだとすれば、どういう精神状態が作用したのだろう。

「ご家族と離れて、一人住まいを始めたんですよね」

「美佐子さんから聞いていませんか」

「聞いたかもしれないけれど、忘れてしまって。ただ、私達が結婚した時はすでにそばに住んでいたということだけは覚えていますよ」

「ええ、そうです。もっとも、移ってきた最初はアパートでしたけど。いまのマンションを買ったのは、二十歳の時です」

「まさか自分で買ったんじゃないでしょうね」

「一応自分で」

仲彦が驚き顔をしたので、つけくわえた。

「父に借金しましたけどね。無利子とはいえ、ローンを完済したのは最近のことです」

「それにしても」

「中古で、しかもたったの1DKですよ。あの当時、中古マンションの値段がめちゃくちゃ安かったんです。バブルが始まる直前でしたから。その一方でアパート代はけっこう高かったんで、どうせこの町から動く気がないなら買ってしまったほうが得だと思って」

　というのは、表向きの口実だった。当時、母が仙台の実家に帰ることになって、しきりに私を連れていきたがった。それを避けたい一心で思いついたのが、不動産の購入だった。父にたいし糖蜜のように甘い甘い声を出したのは、覚えているかぎりあとにもさきにもマンションの購入資金を出してもらったあの時だけだった。

「さすが経済関係の翻訳をやっているだけのことはある」

　それはまたべつの話だ。たまたま六歳から十三歳までイギリスに住んでいたために英語ができ、たまたま大学入試で第一志望の法学部を落ちて第二志望の経済学部に入ったことから、経済関連の出版社に勤めた。いまの仕事はその二つがきっかけになっただけのことだ。

「しかし、十代でこの地に定住しようと決めたなんて、よっぽどこの町が気に入ったんですね」

「そうですね。美佐子の家に遊びに来るたびに、当時住んでいたところよりはずっと居心地がよく感じられました」

　この土地、というよりも、美佐子の家庭だ。両親がいて、家族仲よく暮らしているという、その平凡さがたまらなく好きだった。

「当時はどこに住んでいたんです」

　伸彦はまだ身上調査を続けようとしている。

「世田谷ですけど」

「高校の何年まで？」

「三年生までです。それはともかく」質問をしたいのは、私のほうだ。「美佐子が最後に誰と電話をしていたか、分かりましたか」

　かなり唐突な質問だっただろうに、伸彦の表情にさして変化は見られなかった。

「分かりません。携帯の中はからっぽでした」

「からっぽ？」

「つまり、誰の電話番号も登録されていなかったんです。コールバックやリダイヤルも含めて」

「美佐子が全部消してしまったということですか」

　最後まで大事に握っていた携帯に、なんの記録も残されていないなんて。じゃあ、なんのために美佐子は携帯を手に蒲団に入ったのだろう。まさか買ったばかりで一度も使っていないものだということもないだろうに。

「でも、通信記録がいずれ電話会社から届くでしょう？」

「通信内容を送るよう申し込んでいればね」

　そうか。申し込みしていない可能性がある。そんなふうに記録を消したくらいなら。

「事情を話してたのめば、教えてくれるんじゃないですか。どうせ電話会社は記録しているんでしょうから」

　伸彦は顎に手を当て、少し考えていた。

「まあ、そうかもしれませんが、しかし、電話の相手が誰かなんて、知る必要があるんでしょうか」

「知りたがっているのだと思っていましたけど？」

　美佐子が最後に電話していたのはあなたかと聞いたのは、伸彦なのだ。

「それは、後生大事に携帯を握っていた時にはそう思いましたよ。少なくとも、僕にはあの日美佐子から電話がかかってくるなんていうことはありませんでしたからね」

　私にだってかかってきていない。前の日、電話をするなと言ったせいもあるだろうけれど。

「しかし、携帯の中を覗いて、気持ちが変わってしまった。美佐子がすべての記録を消してまで隠そうとしたがっていたのに、無理やり知ったからといって、どうなるんでしょう。すべて終わったことじゃないですか」

「すべて終わったこと……」

どうせ死んでしまったのだから、死因など追及する必要はないし、まして携帯を抱きしめていた心情を探っても仕方がない、ということか。私はそんなふうには割り切れない。仲彦が諦めたというなら、私が家族を装って電話会社に問い合わせることはできないだろうか。

無理だ。私はあの携帯の番号を知らない。実物が手に入れば、べつだけれど。

「それに」と、仲彦は微笑のようなものを唇のはしにたたえて言った。「携帯そのものがもうありませんしね」

「どういうことです」

「棺の中に一緒に入れたんです。ダイオキシンの関係で、あんまりそういう物を入れるなとは言われましたが、胸に大事に抱きしめていたものを、とりあげる気にはならなかったんです」

私は茫然と仲彦の説明を聞いていた。それでは、あの携帯の番号を探ることさえできないのか。

これは、なにかの策謀ではないだろうか。携帯には大きな秘密があって、仲彦はそれを隠そうと美佐子とともに葬り去ってしまったのだ。そうだとすると、美佐子の事故死はますます怪しいものになってくる。ちがうだろうか。

私は、仲彦の顔を長々と見つめた。そうしても、仲彦はなんの動揺も見せなかった。そそりたつ灰色の壁。伸彦にはそんな印象があった。

4

ポーンという音が沈黙を破った。インターフォンのチャイムだ。伸彦が応答するより早く、玄関ドアの開く音がした。

「こんちはー」

来客の予定があったらしい。「早いな」つぶやきつつ、伸彦は玄関へ出ていった。

そろそろ潮時だ。私も伸彦のあとからついていった。

玄関には、見知らぬ若者が立っていた。百九十センチはあろうかという長身だ。それにくわえて頭髪を針鼠のように立てている。腕には犬の鎖のようなものを幾重にも巻き、ジーパンの両膝にはわざと破いたような大きな穴がある。

彼は私を見て、素っ頓狂な声をあげた。

「あれ、おじさん、もう女を連れ込んでいるの」

私は固まった。伸彦は慌てた素振りも見せず、鷹揚に笑った。

「馬鹿言うんじゃない。おばさんの友達だよ。広瀬さん。葬式でも会っているだろう」

葬式？　若者の顔を見直した。服装はともかく、眉が凛々しく鼻筋がとおり二重まぶたの目が美しい。親族席に座っていた、仲彦側の唯一の会葬者が、こんな顔立ちだっただろうか。冬美が美形だったと批評していたから、そうかもしれない。しかし、雰囲気がちがいすぎて、よく分からない。あの時はさすがに喪服だったから、当然といえば当然だけれど。

「甥です」

つまり、昨年東京の私立高校を受験するために芦辺家に泊めた子なのだろう。

若者は上目遣いで頭を下げた。

「高畠進矢です。おばさんから広瀬さんのお名前はうかがっています」

挨拶はちゃんとできるようだ、その服装とは裏腹に。もっとも、私に投げかけた視線は吟味するようで、少し不快だった。

「ちょうどよかった」

と、仲彦が進矢にむかって言った。

「広瀬さんなら、知っているかもしれない」

「え、そうなの」

「なんのことです」

「芝居の切符、美佐子がふだんどこに置いていたか、知りませんか。探したんだけど、見つからなくて」

脳裏を、さっき見た歌舞伎座のチケットがよぎった。しかし、私は一応首をかしげた。

「どんな切符です。分かるかもしれません」

進矢が説明した。

「今度の金曜日の歌舞伎の切符です。確か、広瀬さんもおばさんと見にいったんじゃないですか。おばさんに、自分達のチケットを買うついでに僕らの分も買ってもらったんです」

あの余分の二枚は、進矢の分だったのか。

「見にはいっていないのよ、その前日に美佐子さんが亡くなったから」

私が言うと、進矢はまぶしいものでも見たように目をしばたたいた。特大のスニーカーを脱いで、あがる。「こっちだよね」とつぶやきつつ、和室へむかった。

すぐに、お鈴の音と新しいお線香の匂いが流れてきた。

「外見とちがう子なんですね」

思わず言うと、伸彦は叔父さんらしい苦笑をこぼした。

「名門校なんかに行っていると、休みの間だけでも不良ぶりたいんでしょう」

休み。そうか。ウイークデイの昼日中にどうして高校生が来られるのだろうと思っていたけれど、春休みの最中なのだ。まわりに学校に行っている子がいないと、こういうことには鈍くなる。

進矢と二人で、美佐子の部屋へ行った。

進矢は戸口でゆっくりと室内を見回した。

「変わっていないや」

亡くなって一週間余りで部屋を変えられてはたまらない。それとも、芦辺家に泊まった一年前と比べているのか。いや、それよりもなによりも、進矢の発言は驚きだ。

「美佐子さんはあなたをこの部屋に入れたことがあるの」

伸彦に入られるのさえ嫌がっていたのに。

「うん。パソコンの調子が悪いとかで、みてあげたりして。ウイルスが二、三個も隠れていましたよ。かなり無防備な状態で、呆れちゃった」

チケットを探すふりをして、さっきは調べる暇のなかった小物入れなどを開いてみる。が、あまり積極的な気分にはなれない。あの携帯電話がもうこの世にはないと知ってしまったのだから。むしろ、気持ちは進矢との会話にかたむいている。

「それって、受験で泊まった時のこと?」

「いいえ。受験の時はさすがにそんな余裕はありませんでしたよ。遊びに来た時です」

「ああ、遊びにね」

あ、小物入れに携帯があった。見知っているオフホワイトのほうだ。使わなくなった腕時計なんかと一緒に放りこんであるところをみると、新しい携帯に替えたというだけのことなのかもしれない。まだ生きているかどうか、あとでメールしてみよう。

「この家にはよく来るの」

「月に一、二度かな」

美佐子から、甥が時おり来るなんて聞いたことはなかった。月に一、二度なら、話題にしてもおかしくはない頻度なのに。

「それって静岡の実家に帰るよりも多いくらい？」

「同じくらいかな。実家だと新幹線代が馬鹿にならないけど、ここだと近くて安くておいしい手料理が味わえたから」

机にためこんでいたレシピの意味が飲みこめた。なんとまあ！

「あの人、お母さん役をやっていたのね」

「お母さん？」

進矢の唇が笑いたそうにひくついた。

「あの人って、母性的なタイプじゃありませんでしたよね」

高校生の言う台詞(せりふ)か。

「じゃあ、どんなタイプなの」

「フェロモンの塊」

頭に火がついた。机の引出をあけ、チケットを出して進矢にわたした。

「これでしょ」

「ありがとう」と言ってから、進矢はつけくわえた。「はじめから知っていたみたい」

しまった、と思わなきゃいけないのだろうか。

「あなたのほうも実は知っていたんじゃないの」

負けずに言ってみる。進矢は今度こそはっきりと破顔した。

「勘がいいんですね。美佐子が言っていた通りだ」

美佐子、美佐子ですって。叔母さんを呼び捨てにするなんて。そりゃあ、美佐子はたとえ叔母という意味でだって「おばさん」なんて呼ばれたくなかったかもしれない。だけど、夫の甥などに自分を呼び捨てにさせることを許しただろうか。

どういう関係だったの、と聞こうかどうしようか躊躇(ためら)っている間に、進矢は部屋を出ていった。

玄関で、「ありがとうございました」と大声を張りあげている。

私も慌てて下へおりていった。

ちょうど玄関ドアが閉じたところだった。そこにはもう誰の姿もない。

居間を覗いた。伸彦が美佐子お気に入りの白い革のソファに座って、またしても煙草をくゆらせていた。手もとに灰皿さえない。革に灰が落ちたらどうするのだ。腹が立ったが、文句を言う権利は、私にはない。

「帰っちゃったんですか、甥ごさん」

「みたいですね」

「どこに住んでいるんですか」

「どうしてです」

「いえ。この近くなのかと思って」

「学校のそばですよ」

としか、伸彦は言わなかった。進矢がどこの学校に行っているのかなんて、知らない。美佐子はなにか言っていたようだけれど、そこに入学できたのかどうかも聞いていないのだ。

しかし、伸彦はそれ以上の説明は不要と思っているらしい。口を閉じたままだった。

「お邪魔しました」

伸彦はひきとめることなく、うなずいた。

私が玄関に出ていくと、さすがに伸彦も出てきた。

私が玄関ドアを閉めると同時に、鍵のかかる硬質な音がした。

門扉を出て、芦辺家を眺めた。グレーの瓦屋根とベージュのモルタル塗り木造二階建て。どこにでもあるような家屋だけれど、私にとっては唯一家庭の温もりを感じることのできた家だった。それがいまは、まるで見知らぬ家のようによそよそしく見えた。もう気軽に来ることもできなくなったのだと、気がついた。

もっとうまくやらなきゃ駄目じゃないの。いまの出来事を真由子に話したら、そう叱責されるだろう。コーヒー豆でもなんでも挽いてあげて、伸彦を懐柔しなきゃいけなかったのよ。それに、進矢だって喧嘩ごしにならなければいろいろな情報を引き出せたかもしれない。あなたって本当に人づきあいが下手なんだから。

まったくその通りだ。とくに進矢への対応はまずかった。なにか知っていたようなのに。「あれ、おじさん、もう女を連れ込んでいるの」少なくとも、あの台詞については追及しておくべきだった。

伸彦には、愛人がいるのではないだろうか。そうだとすると、それが美佐子の「事故死」の引き金になった可能性は充分にある。

進矢にもう一度会わなければ。家にむかって自転車を走らせながら、唇を噛みしめた。

5

三月二十六日、金曜日、午前十時半。私は歌舞伎座にいた。

昼の部の当日券を手に入れることができた。一階の前から三列目のほぼ真ん中の席が奇跡のようにあいていた。もっとも私の目的は、観劇ではなく進矢に会うことだったから、舞台が見やすいということは、大きな問題ではない。重要なのは、進矢と遭遇しやすい席かどうかということだ。

進矢のチケットにあった座席番号はうろ覚えだった。ほ列だったとは記憶しているけれど、何番目だったかまでは定かでない。どうしてちゃんと覚えておかなかったのだろう。私のやることはいつもこんなふうに中途半端だ。ただ、ほ列なら私の座席の二列後方なので、なんとかつかまえられるだろうと思っている。

開演は十一時である。私はぎりぎりまで入り口近くに立って観客を見張っていた。進矢の姿は見つからなかった。若い観客が思ったよりずいぶん多いけれど、高校生らしい少年というのはさすがにあまりいない。背も高いのだし、見落とした可能性は低いと思う。

遅刻してくるのだろうか。あのタイプなら、時間にもルーズかもしれない。

開演五分前のブザーが鳴ったので、私はやむなく席についた。

美佐子と見るはずだった芝居。場内が暗くなると、やはり気持ちが高ぶる。

今月の出しものは、三本立てだ。最初が「伽羅先代萩」、二本目が「藤娘」、最後が「恋飛脚大和往来」。

美佐子が見たがっていたのは、「恋飛脚大和往来」だった。美佐子は過去に何回も同じものを見ているのだ。月に一回は必ず歌舞伎座に来ていた。私は実のところ、さして歌舞伎に興味がない。美佐子に誘われて年に一回見ればいいほうだった。だから、「恋飛脚大和往来」もはじめてである。

「何度見てもロマンチックでいいわよ」と、美佐子は今回の観劇に私を誘う時、荒筋を説明した。

男が遊女である女のために公金を横領して、追われる身になる。男と女は、男の故郷へむかう。男の父親に一目会い、男の母親の墓前で死ぬためだ。

「その死への道行きが美しいのよ」

そう言う時、美佐子の瞳は濡れたように輝いていた。私はからかった。

「美佐子、心中に憧れているのね」

「憧れている、のかなあ」

「そうよ。いつか言っていたことがあるじゃないの。愛しあっているもの同士が一緒に死ねば、いつかその愛に終末が来るなんてこともない。だけど、結婚しちゃえば、現実と面とむかわなきゃならなくて、甘い感情も消えちゃうって」

「いつそんなこと言ったかしら」

「いつだったかなー。あ、なにか飛行機事故があった時よ。新婚のカップルが亡くなって、私がかわいそうだと言ったら、あなたはそんなようなことを言ったのよ」

「そうか。すっかり忘れていた。とはいえ、そう言った時の私に賛成票を投じるわ。結婚直後死んでくれていれば、伸彦だってそれなりに素敵な男性として胸に残っていたかもしれないのに」

「それって、心中じゃないわね？」

「当たり前じゃない」

と、私達は笑いあった。あれからまだ二カ月も経っていないなんて、信じられない。

結局、先に死んだのは、伸彦ではなくて美佐子。結婚直後に死んだわけではないから、たいして悲しまれてもいない。それどころか、伸彦がなにか仕掛けたのではないかと、高校時代の友人三人で疑っている。美佐子と伸彦は恋愛結婚といっても、伸彦のほうが熱心で、だから美佐子の条件をすべて飲む形で結婚したのだが。愛の真っ盛りで死んでくれていれば、美佐子だっていつまでも素晴らしい女性として胸に残っていたのに、と、伸彦も思っているだろうか。

伊達藩のお家騒動に題材をとった「伽羅先代萩」は、昔見たことがある。主君のために我が子を殺す乳人の飯炊きのシーンが有名だけれど、あまり感心しなかった。途中で何度も睡魔に襲われた。今回も同様である。美佐子も「先代萩」については熱をこめていなかったので、まあ、居眠りしても許されるだろう。

食事をとる休憩時間に進矢の姿を捜したけれど、やはり見つからなかった。もしかしたら、先代萩がどんな内容か知っていて、わざと遅刻したのかもしれない。一万五千円近くも払ってそういうことをするなんて、いまどきの高校生はずいぶんと贅沢だ——こんな感想を抱くのは、私が貧しい翻訳家のせいか。

「先代萩」が終わったあと、「藤娘」が始まるまで出入り口をぶらついていた。

すると、慌てた様子もなく、進矢が入ってきた。あの日と同様つんつんの頭をしていて、呆れてしまった。後ろの席の人が迷惑するだろう。もっとも、着ているものは腰丈の黒いコートにチェック柄のシャツ、穴のあいていないジーパン、そしてベルトがわりの銀色の鎖と、おとなし目だったけれど。

　進矢がともなっていたのは、やはり高校生らしい少女だった。白い春もののセーターにジーパン、青い大判のマフラーをゆるやかに巻いている。男の子のようなショートカットだが、小さな白い顔に大きな瞳が印象的な、かなりの美少女だ。

　高校生が歌舞伎座でデートか。私がオバサン化してしまったために気がつかなかった時代の変化、それともたんに進矢とそのガールフレンドが変わりものなだけだろうか。

　観客の人波に紛れていた私は、進矢の目にとまらなかったらしい。そのまま場内に入っていこうとした。私は、急いで声をかけた。

「高畠さん」

　進矢ではなく、少女の足がとまった。進矢の上着の袖をひっぱる。進矢も立ちどまり、私をふりかえった。

「ああ、こんにちは。見損なったお芝居を見にきたんですか」

「こんにちは。お芝居も見たかったけれど、あなたを待っていたのよ」

　私は率直に言った。進矢は凜々しい眉をひそめて、ガールフレンドを横目で窺った。ガールフレンドは気にとめるふうではない。

「僕を？」

「まだ聞きたいことがあったの」

「へえ」

その時、開演五分前のブザーが鳴り響いた。

「じゃ、あとで」

拒絶するような手のふり方をして、進矢は場内に入っていった。私は二人のあとからついていって、彼らがほ列の花道にほど近い席に着くのを確認した。

次の「藤娘」はその名を知らない人はいない舞踊で、没入できれば楽しめただろう。ただ、美佐子が「見せたい人がいる」と言ったのは、この踊り手ではないはずだ。美佐子の好みから外れている。美佐子は、昔はやさしげな男性が好きだったけれど、最近は俳優でも男っぽいタイプを好んでいた。男っぽくて美しい男性だ。

私の意識は、斜め後方に座っている進矢に行きがちだった。ふりかえっても見えるわけではないのだが、ふりかえりたくなる。進矢が中座して、そのままいなくなるのではないかと心配だった。そうなったら、進矢をつかまえることは永遠にできなくなるように思える。

やっと「藤娘」が終わった。休憩は十五分しかないから、急がなければならない。だが、左の席の人も右の席の人も容易に立たない。その二人が立ったとしても、真ん中の席から通路に出ていくのは、相当時間がかかる。

やっと通路に出られたと思ったら、進矢とガールフレンドは席を立ったあとだった。このまま戻らなかったら……いや、「藤娘」一本だけ見て帰る、そこまで贅沢な子ではないと信じたい。

彼らの席のそばで、帰ってくるのを待った。開演五分前になっても、現れなかった。やはり観劇は「藤娘」だけで終えてしまったのだろうか。

チョンと舞台のほうから拍子木が聞こえる。これ以上通路に突っ立っているわけにいかない。後ろ髪をひかれつつ、自分の席に戻る。

「恋飛脚大和往来」が始まった。美佐子が今回の演目で最も心ひかれていた作品。美佐子の耳目になりかわって見よう。

遊女梅川を身請けするために公金を横領した忠兵衛が美しい。美佐子は私に彼を見せたかったのか。それもちがうと思う。忠兵衛役はあまり歌舞伎に詳しくない私でさえ見知っている役者だ。いまさら見せたいなどということはないだろう。

公金を横領してバレないわけがないだろうに、してしまうのが、今も昔も変わらない人の性。とはいえ、それで心中になってしまうのは、江戸時代だったからだろう。いまならこんなことで心中する、ある意味良心的な人は滅多にいないはずだ。江戸時代は公金横領は死罪だけれど、現代では十年以下の懲役になるだけだ。

いまの時代に男女が心中するとしたら、一体どんな理由があるだろう。親に結婚を反対されても、死のうと思いつめるカップルはいなさそうだ。不倫の男女だって、駆け落ちはしても、死出の旅に出たという話はまるで聞かない。マスコミが伝える現代の心中は、破産やリストラによって追いつめられ、子供までも巻き込んだ一家心中ばかり。そうでなければ、インターネットで知り合ったもの同士の集団自殺。

死にたいという一点だけで結びついた関係というのは、私にはまったく理解できない。心中するなら、私はやはり好きな人と一緒がいい。つまり、梅川と忠兵衛の心中が理想ということになってしまうだろうか。

舞台では、梅川と忠兵衛が偶然出会った忠兵衛の父親と別れるシーンにさしかかっている。三人の上に降りしきる雪が無情にも美しい。

そうして梅川と忠兵衛とは、深い雪に足をとられそうになりながら、死にむかって去っていく。あまりにも哀切な道行き。残された父親の悲嘆は大きい。なんとかして生き延びてほしいと思う親心が切々と語られる。

隣の老婦人が鼻をすする音が聞こえる。隣だけでなく、前のほうの女性もハンカチを使っている。美佐子も、これを見ていたら、涙をこぼしたのだろうか。

そして、幕。

急いで抜け出したいところだけれど、これまた真ん中の席のおかげで簡単にはいかない。ほ列を見ると、進矢が立ち上がったところだった。やれやれ、藤娘だけで帰ったわけではなかったのだ。

進矢にむかって大きく手をふった。進矢はそれを目にしたにちがいない。しかし、進矢とガールフレンドは人波に揉まれて出ていった。はしのほうにいる観客がその場にとどまることはできないので仕方がない。とはいえ、二人に追いつくまで気が気でない。

劇場の出口に到達するのに五分もかかった。出口のあちらこちらにたまった人々に目を走らせる。進矢は見当たらない。帰ってしまったのだろうか。なぜ。ちょっと話をするくらいなんでもないだろうに。

戸外に出ると、なんとはなし、一日の終わりの気怠さみたいなものを体の奥に感じた。観劇の余韻を残して劇場前にたまっている人々の中に、進矢を捜す気持ちは失せている。このままま っすぐ帰ろう。

不意に、背中を叩かれた。進矢？

喜んでふりかえると、立っていたのは進矢のガールフレンドだった。

「あ、高畠さんけどこに」

「帰りました」

「これから新幹線に飛び乗って実家に帰らなきゃならないということで。よかったら、僕がお相手します」

僕？　今日びの女の子は自分を僕と称することもあるようだけれど。彼女の声は、女性にしては低すぎはしないだろうか。

あらためて少女を見直す。ゆるやかに巻いたマフラーから覗いている喉仏は、くっきりと高かった。身長も、進矢と並んでいる時は低く見えたが、こうやって面とむかっていると百七十センチはありそうだ。

「高畠さんのガールフレンドじゃないの？」

彼女、いや、彼はくすりと笑った。

「よくまちがわれるけど、ちがいます。高校の同級生で森本泉といいます。よろしく」

名前を聞いて、また分からなくなった。

「ええと、不躾な質問をするけれど、男性ですか」

泉の黒い瞳が、いたずらっぽく輝いた。

「知りたいですか」

「そう、でもない……」

「帰った？」

本当は無性に知りたいけれど、それってセクシャル・ハラスメントのように思える。

泉はかろやかに身を翻(ひるがえ)して、歩きだした。

「あ、待って。気を悪くしたらごめんなさい」

泉は顔だけふりむいて言った。

「話をするなら、どこか喫茶店にでも入りませんか」

あ、ごもっとも。

6

おかしなことになった。進矢と会って、伸彦のことと連絡先を聞き出すだけのつもりが、彼は逃げ水のように去っていき、性別も定かでない若者と銀座の喫茶店でお茶を飲んでいる。

森本泉、有名私立大学付属高校の、間もなく二年生、十六歳。性別は男。

「でも、よく女の子にまちがわれる。どうしてだろう。とりたてて女の子っぽい格好をしているつもりはないんだけど」

と小首をかしげるあたり、とびきりの美少女に見える。喫茶店の淡い照明の下でむかいあっていると、幻惑されそうだ。どんなにムースを使っても立ちそうにない柔らかな栗(くり)色の髪の毛と、まだ髭（ひげ）がはえていないのではないかと思えるなめらかな肌は、男にしておくのが惜しいくらい。なんにつけてもきれいなものが好きだった美佐子なら、一目で気に入ったのではないだろうか。

そう、美佐子のことで、この少年と話があったのだ。見とれていては、なにも収穫できずに今日が終わってしまう。

「高畠進矢君の住所と電話番号を教えてほしいの」

と、手帳を出す。泉は唇を尖らせた。

「僕のじゃなくて、進矢の？」

「あなたのも教えておいてもらいたいわ。でも」

「まず進矢というわけだね。あいつ、モテるからね」

確かに進矢はもてそうだ。美佐子ももしかしたら、と思わないでもない。

「私はそんなんじゃないわ。私は、二十いくつも年下の男性なんか興味ないの」

「え、二十いくつ」泉は目を見開いた。「広瀬さんて、いくつなの」

ちょっとサバを読みたくなったけれど、十六の子を相手にそんなことをしてどんな意味があるだろう。

「三十九よ。もっとすごい年齢だと思った？」

「親と同じ年なんだ。すごいな。親よりずっと下かと思った」

泉は、喜べばいいのか悲しめばいいのか分からないことを言う。そうか。私の年齢だと、もうこんなに大きな子がいるのか。

「結婚していないんですか」

「していないわ」

「だから、おばさんっぽくないんだ」

「そんなことはないわ。充分おばさんよ。徹夜がきつくなったわ」

「親は平気で毎日朝帰りするけれど」

「え？」

「ま、徹夜しているんじゃなく、ベッドには入っているんだけれどね、男と」

どういう家庭の子なのだ。我が家では、父親がどこかのベッドに入っていて、滅多に家に帰ってこなかったけれど、この少年の家庭では母親がそういうことをしているのだろうか。

「お父さんは家で寝ていらっしゃるんでしょうね」

「ううん。いないから」

「あ、ごめんなさい」

泉は、気にしていないというふうにちらりと笑みをこぼした。

この子のことがもっと知りたい。そんな気にさせる微笑だ。しかし、それ以上立ち入っていいものかどうか。聞けば、なんでも答えてくれるような柔和な雰囲気だけれど。

「話を元に戻しましょうか」

「なんでしたっけ」

「高畠さんの住所と電話番号を教えてほしいの」

泉はこれ見よがしに溜め息をついた。

「僕の一存では言えませんよ」

「なぜ、たかが友人の連絡先じゃない」

「だって、あなたがストーカーの回しものじゃないなんて、誰が証明できるの」

「ストーカー？　高畠さんはストーカーにつけ回されているの」

「うーん。あいつ、モテるから、そういうこともあるかなと思って」

「でも、私、高畠さんの亡くなった義理の叔母さんの友人なだけよ。そんなふうに高畠さんから聞かなかった？」

泉はぷるんぷるんと首をふった。

「ちょっとした知り合い、それだけ。あと苗字ね。広瀬さん。下のほうは？」

「麻子よ」

「どんな字」

「麻に子」

「僕、麻の感触って、好きだな。ちょっと肌につんつんつんくる感じ。だから、夏の衣類って好き」

「そんなにつんつんくる？」

「僕、肌が敏感なんだ」

そんなになめらかな肌をしているから敏感なのかしら。そう考えてから、はっとした。

「森本さん、さっきから話をはぐらかそうとしていない」

「泉って呼んでくれたほうが嬉しいな」

「ほら、そんなふうに」

「え、どんなふうに」

「はぐらかしの天才ね」

「でも、麻子はごまかされない」

泉は少し悪っぽく微笑して、カフェオレに口をつける。

頭を抱えたかった。いつまで経っても話が進まないから。いや、高校生に麻子と呼び捨てにされて腹の立たない自分に呆れて。進矢が美佐子を呼び捨てにした時は怒りを感じたのに。

泉のペースに巻き込まれまいと、姿勢を正す。

「少し真剣に話しましょうよ。彼の義理の叔母さんがつい最近亡くなったことは聞いていない？」

「その人が麻子の友人なわけ？」

「その通りよ」

「魅力的な人だった？」

「高畠さんは、フェロモンの塊だと形容したわ」

「へえ、それほんと。だったら、進矢がなにか言いふらしていたと思うけど、なんにも聞いていないな。それとも、すごく大事にしていたのかな」

やっと目的の話に入りこめたようだ。

「一カ月に一、二度その人の家で手料理をご馳走になっていたみたいよ」

「ふーん。その人、いつ亡くなったの」

「今月の十五日の深夜か十六日未明」

「ついこの間じゃないか。もし大事な人だったら、いくらあいつでももっと悲しそうな様子をすると思うけどな」

「していそうもないわね」

「うん」

かわいそうな美佐子。せっせとレシピを集め、一カ月に一、二度も手料理を食べさせてあげたのに、悲しまれてもいないなんて。美佐子が進矢をどんなふうに思っていたかは分からないけれど、少なくとも嫌いではなかったはずだ。

「その人、どうして亡くなったの」

「一酸化炭素中毒」

「最近の都市ガスには一酸化炭素はまじっていないはずだけど？」

「寝る時に枕もとで炭を焚いたの」

泉は眉間にかわいい皺をよせた。

「自殺？」

「それはない。遺書がなかったし、顔には笑みがあったわ」

「どうしてそんなにきっぱり言えるのさ。自殺者が必ずしも遺書を残すとはかぎらないし、本当に死にたかったのなら、もしかしたら笑顔で逝くかもしれないじゃない。三月の半ばの東京で、炭で暖をとるだなんて、普通じゃないよ」

「そう、普通じゃないわ。だから、調べたいのよ」

泉は声をひそめた。

「もしかして、殺人を疑っているの」

外見から予想されるよりも鋭い子のようだ。ええ、と私は唇を動かした。

「容疑者はいるの」

「彼女の夫」

「定番だね。動機は」

「そのへんはまだ」

「殺しそうなほど仲が悪いとかじゃなかったの」

「そうね。ごく一般的な夫婦に見えていたわ」

「ごく一般的、というの、僕には簡単にイメージできないんだけど。そういう夫婦を見て育っていないんで」

「あら、そういえば、私もそうだわ」

泉は、疑わしげな顔をした。

「麻子の世代の人達で、壊れた家で育った人っているの」

「いるわよ。いるに決まっているじゃない。私はそのうちの一人よ」

「どんなふうに壊れていたの」

「また話がそれようとしているわ」

「ごめん」

泉は、私が自分の身の上を話したくないと誤解したのか、それとも誤解したふりをしているのか、殊勝に謝った。私は急いで言った。

「そんなんじゃないわ。機会があればちゃんと話すわ」機会というのはつまり、私とあなたがまた会うようなことがあれば、という意味だ。「でも、いまは美佐子の話を優先させたいの。美佐子って、亡くなった友人の名前。芦辺美佐子というの」

「進矢と苗字がちがうんだね」

「ええ。高畠君の叔父さんは、美佐子の籍に入ったから」

「じゃあ、二人は美佐子の両親と暮らしていたの」

美佐子まで呼び捨てか。もう怒る気にもなれない。

「二年ちょっと前までね。美佐子のお父さんは五年前に、お母さんは一年前に亡くなったわ」

「何年一緒に暮らしていたの」

「ええと。二人が結婚したのは十二年前だから、十年というところね」

「その間、婿いじめなんてなかった？」

「どちらも、まあ、満足していたんじゃないの。伸彦さんはおとなしい人だから」

そういうおとなしい人を、妻殺しとして疑っているわけだが。

「美佐子の両親も美佐子みたいな死に方をしたの」

「いえ。二人は病死よ。お父さんは膵臓ガン、お母さんは乳ガン」

「病人だって殺されることはあるだろ。怪しい死に方じゃなかったの」

泉は思いもかけないところを突いてくる。

私は、美佐子の両親の最期を思い返した。父親のほうは、ガンに気づいた時は手遅れで治療もままならず、かなり呆気なく逝ってしまった。母親のほうは父親と相前後してガンが見つかり、こちらは手術をしてその後二年ほどは元気だった。しかし、再発すると同時に転移ガンが発見され、半年かそこらで亡くなってしまった。

臨終に立ち会ったわけではないので断言できないけれど、殺人の余地はなかったと思う。たとえば、二人を殺したいと思うものがいたとしても、あの末期にみずから手を汚す必要性は感じなかったのではないだろうか。

「殺人はないと思うわ。たとえば、美佐子の夫がお医者かなにかで二人をガンにできたというならべつだけれど」

「美佐子にきょうだいはいるの」

「いないわ」

「美佐子に子供は？」

「いない」

「じゃあ、芦辺家の財産はすべて進矢の叔父さんのものということだね」

「そうなるわね」

　こちらから質問するつもりが、されっぱなしだ。この美少年に探偵の素質があるなんて、思いもよらなかった。

「といっても、遺産目当てで伸彦さんが美佐子を殺したというふうには思っていないのよ。伸彦さんて、叔父さんの名前ね」

「どうして」

「財産といっても、たいしてあるわけじゃないの。古い家と六十坪ばかりの土地。それから、お父さんから受け継いだ株券がいくらかあるらしいけれど、そんなものよ。家と土地は、売っちゃったら、住むところがなくなるわけだし」

「生命保険は？」

「入っていないと思うわよ。伸彦さんにはかけていたけれど」

「ふむ」と、泉はおとなびた様子で腕を組んだ。「少ない財産でも切羽詰まっていれば手に入れたいんじゃないかと思うけれど、まあ、麻子が財産目当てじゃないと言うなら、そうなのかもしれない。じゃあ、伸彦のなにを疑っているの。さっき動機について答えなかったけれど、なんらかの見当はつけているんでしょう」

「そうね。浮気」

なんて言葉を、高校生相手に使っていいのだろうか。もう使ってしまったけれど。

もちろん、外泊がちの母親をもつ泉は動揺などせず、さらりと聞き返す。

「美佐子の、伸彦の？」

「それがどっちか分からない」

「へえ。じゃ、二人ともしているんだろうね」

「そうなのかしら」

「そうだよ。でなきゃ、麻子がそんなどっちつかずの思考に陥らないだろう」

泉はものごとをすぱんすぱんと割り切って考えていく。小気味いいけれど、そういうことばかりしていてはなにか大事な点を見落としそうだ。

「美佐子が浮気していると疑う理由はなに」

「最近とてもきれいになった」

「伸彦が浮気しているというのは？」

「進矢君が数日前、気になることを言ったの。私と美佐子の家で鉢合わせして、叔父さん、もう女を連れ込んだの、みたいな」

泉は、顔をしかめる寸前のような表情をした。

「もしかしたら、進矢君はなにか知っているんじゃないかしら。それが進矢君と話がしたい理由なのよ。彼の連絡先を教えて」

やっとそこまでたどりついた。

泉は今度は言下に拒否しなかった。

「進矢に聞いてみる。そして、OKが出たら教えるね」

あくまで慎重だ。ズボンのポケットから携帯電話をとりだした。それがメタリック・ピンクをしていたので、胸が細波だった。

「それ」

「え？」

「いえ、なんでもない」

美佐子の携帯を、泉が持っているわけはない。たとえ棺に入れられなかったとしても。

泉は携帯のボタンを押して、しばらく耳に当てていた。それから、首をふった。

「駄目だ。電源を切っている。もう新幹線に乗ってしまったんだな」

「メールを打つのは？」

「どっちにしろ、あいつが見て返事をよこすのは、数時間先のことになるよ。それまでずっと一緒にいる？」

泉は私の目を覗きこむようにした。私は思わず首をふった。

「そんなに待っていたら、真夜中になってしまうわ」

「僕はかまわないよ、ちっとも。そうだ」

泉は、いいことを思いついたというように指を鳴らした。

「麻子の家に行くのはどう。それで、僕に手料理をふるまってくれるの。麻子はどんな料理が得意なの」

この子、少女めいた容姿に似合わず、すごいプレイボーイなんじゃないかしら。一瞬、疑ったが、泉はまったく邪気のない表情をしている。考え直した。私は泉の母親と同年齢なのだ。私を女性として見ているわけはなく、むしろ母性を求めているのだろう。

いずれにしろ、迷惑な話だ。

「あいにく、私は料理が下手なの」

半分嘘（うそ）を言った。泉は見るからに失望したようだった。

「そうなの。じゃ、コンビニで買って帰ってもかまわないけど」

声に同情を誘う響きがあった。がらんとした部屋の中で独り、夕食を食べている少年の姿が目の裏に浮かんだくらいだ。

しかし、ここはひとつ、ぴしっと言っておかなければならない。そうそう少年のペースに乗るわけにはいかないのだ。

「森本さんがかまわなくても、私がかまうわ。知り合ったばかりの人を家に入れる習慣はないの」

泉の唇がもの言いたげに動いたが、言葉は出てこなかった。

「あなたの住所と電話番号を教えて。明日連絡させてもらうわ」

「麻子のも教えてくれるんだろうね」

「もちろん」

お互い、相手の言う番号と住所を携帯に入力した。それで、私の用はすんだ。ずいぶん迂遠な形にはなったけれど。

カップの中のコーヒーを飲み干し、立ち上がった。泉は椅子に座ったまま、気怠るげに私を見上げた。

「どこへ行くの」

「家へ帰るのよ」

「まっすぐ？」

「ええ。あなたは帰らないの」

「どうしようかな。どうせ家に帰っても誰もいないし」

「私も誰もいないのよ。でも、家に帰るわ」

「一人暮らしは気ままでいいでしょうね、って言われるのと、寂しいでしょうね、って言われるのと、どっちが多い？」

「さあ、どっちかしら。私の意見では前者だけれどね」

「僕もだ」

と、泉は立ち上がった。

二人そろって店を出た。灯ともしごろの銀座を、ＪＲの有楽町駅まで並んで歩いた。道すがら、誰かに見られているような気がした。錯覚でなかったとしたら、美少年（美少女？）へむけられた視線がついでに私に流れてきたのだろう。

7

雪が激しく降っている。足をすべらせて転びそうになる私を、誰かの手が支えた。見上げると、美佐子だった。ずっと二人で歩いていたらしかった。

前も後ろも右も左も白一色で、どこを歩いているのか分からない。今度は美佐子が転びそうになり、支えようとした私の手がすべって、美佐子は白い中に没した。

美佐子、美佐子と叫んで手で白い地面を掘りかえすうちに、忠兵衛姿の少年が現れた。暗くて顔は定かでないけれど、知り合いのような気がして、美佐子の所在を尋ねると、墓の下だと答える。驚いて、美佐子が亡くなったの、と問いかえしたその瞬間、がしがしという音が響きわたり、暗い穴に落ち込むような墜落感があって、目が覚めた。

夢だったのか。美佐子が死んだという、その一点だけが現実。逆だとよかったのに。

ナイトテーブルの時計を見ると、八時をすぎていた。そんなに眠ったつもりもないのに、もう朝なのだ。右の側頭部にかすかな偏頭痛があった。

ガウンを羽織って、居間兼食堂兼台所兼仕事場へ行く。見るともなくテレビをつけ、相変わらずの世界情勢にうんざりしながら朝食を準備する。

テーブルに並ぶのは、トーストとコーヒー、牛乳をかけたシリアル。コンビニで買ってくるのと大差ない、手間のかからないものばかり。

泉に言った通り、一人暮らしは気ままでいい。好きな時間に起きられるし（急ぎの仕事がない場合にかぎるけれど）、栄養失調にならなければ充分という献立でも誰からも文句は出ないし、一日じゅうパジャマ姿でいても叱られない。

　固定電話が鳴りだした。右の側頭部の痛みに障る。こういう時の電話は、あの人と相場が決まっている。居留守をつかおうかと思うが、それはそれであとでまた面倒なことになるだろう。手をのばして受話器をとりあげた。

「もしもし、眠っていた？」

　流れてきたのは案の定、母のとり澄ました声だ。

「いいえ。朝ご飯を食べていたところ」

「どうせまたコーヒーにトーストなんでしょう」

「それに牛乳をかけたシリアル」

　栄養的には充分でしょう？

「昨日も電話したけれど、いなかったわね」

「ええ。九時には家を出ていたわ」

「そういう時は留守番電話にしておいてくれなくちゃ、心配するでしょう」

「帰ったらすぐ電話ちょうだい」なんていう、パトカーのサイレンのように差し迫った声を聞きたくないから、留守番を設定していないのだ。子の心、親知らずである。それでも、

「悪かったわね」と謝っておく。最近は私も年をとって、親をいたずらに嘆かせない術（すべ）を身につけた。

謝罪に心がこもっていないと言われる前に、話を進ませる。

「なにか用だった」

「あのね、水菜をお食べなさい」

「それはなんの役に立つの」

「お肌をきれいにするんですって。あなた、もうお肌に気を使わなければならない年ですものね」

いつもの話だ。母はなにか体にいい食品を知るたびに、私に食べさせようとする。体にいい食品の情報は巷にあふれかえっているらしく、タネは尽きない。同居していたら、片っ端から食べさせられていたにちがいない。考えただけで胸焼けがしそうだ。たいてい数日後に「あれどうだった？」とモニター調査のような電話が来るけれど、それくらいはなんでもない。食べていようといまいと「うん、よかったみたいよ」と答えておけば、母は私の役に立ったと思って満足するのだ。

そのあとは、兄嫁にかんする悪口が延々と続くことがある。これはまいる。私は義理の伯母のことはよく知らないから、母の一方的な批判はあまり聞きたくない。

母は素行の悪い夫と別れて実家に帰ったものの、家はとうに代替わりしていた。当時健在だった両親と仲のよかった兄は喜んで妹を家に迎え入れたけれど、兄の妻は面白くない。当然だろうに、乳母日傘で育った母にはそれが分からない。生まれ育った家なのだし、離れに住んで自活しているのだし、兄嫁はなんであんなにつんけんしなければならないの?

もっとも、母が兄の家に押しかけてからすでに十九年、母も伯母もともに七十歳に手が届こうとしている。いい加減、お互いに諦めの境地に到達してもいいころだ。

「滝子さんときたらね」

と母は言い出した。今日は悪口を言う日だったか。

一時間ばかり、母は一方的にしゃべった。私は時おり「うん」とか「大変ね」とか相槌を打つけれど、思考を電話に集中しないようにしていた——ああ、なんて頭が痛いんだろう。近くの公園の桜は満開になったかしら。サイドボードに埃がたまっているなあ……etc、etc——だから、母が伯母のなにに立腹しているのかよく分からない。いつもそうである。

「本当に、おじいちゃまやおばあちゃまが生きていてくれればねえ」

母はいつも嘆くことを今日も嘆いた。おじいちゃまとおばあちゃまというのは、母の両親をさす。二人とももう十年も前にそれ相応の年齢で亡くなったのに、まったく未練がましい。私とちがっていい親に恵まれたせいもあるのだろうけれど。

いい加減、自立しなさいよ、と言いたいのをぐっとこらえる。

しかし、この「両親が生きていてくれれば」という台詞は、電話が終わりに近づいている印でもある。

「東京は物騒だから、あまり夜遅く外出しないようになさいね」

「ええ、そうするわ」

「じゃまたね」

やっと電話が切れた。気力をごっそりもぎとられた感じがした。右側頭部の偏頭痛が激しくなっている。市販の頭痛薬を飲んだ。

これからどうしよう。すっかりまずくなってしまったトーストを鼠のようにかじりながら考える。

一本、月曜日の朝一番で渡さなければならない仕事があるけれど、原稿用紙五枚程度だし、軽口のエッセイといったところなので、まあ、大丈夫。小説ならば、どんなに短くてもそれなりの文章にするために頭をひねらなければならないけれど、その点こういった翻訳は楽だ。なんてことを言うと、なにくれとなく仕事をまわしてくれる発注者に叱責を受けそうだけれど。

頭痛薬が効いてきて、眠い。方針が決まった。もう一度寝直す。目覚めてから泉に電話をして、進矢の連絡先を聞き出す。それから仕事をする。

テーブルの上だけ片づけ、寝室へ戻った。

室内で、かすかになにかが鳴っていた。耳をすますと、イギリス民謡「スカボロ・フェア」のメロディだった。携帯の着信音だ。

昨日ショルダーバッグから出さず、そのままクローゼットにつっこんでしまったのを忘れていた。外出中でもないかぎり携帯に電話がかかってくることはないから、それでも不都合はない。

いったい誰だろう。母との長電話に焦れた美佐子、と考えかけ、気落ちした。美佐子のわけはない。彼女はもうこの世界に存在しないのだ。

クローゼットからショルダーバッグを出し、さらにショルダーバッグから携帯を出している間に、着信音は鳴りやんだ。ディスプレイの表示する番号に、記憶がない。いや、しかし、これはもしかしたら。

電話帳機能で調べると、やはり泉の番号だった。泉は九時から四回も電話をよこしていた。春休み中の高校生のくせに、ずいぶんと早起きではないか。

ベッドのはしに腰をおろし、コールバックする。

呼び出し音七回で、泉が出た。

「おはよう、広瀬です」

「どちらかというと、おそようですね。もうじき十一時ですよ。広瀬さんって寝坊なんですね」

　口調があらたまっていて面食らった。でも、行儀がいいのは悪いことじゃない。私も丁寧語を使うことにする。

「何度もお電話をもらったみたいですね。ごめんなさい。春休み中で、寝坊しているだろうと思って」

「これから寝るところです」

「え、これから」

「でも、その前に連絡をしておきたくて。進矢からＯＫが出ました」

　こちらから催促しなければ動いてくれない子だと思っていた。ちょっとした感激だ。

「ああ、ありがとう。ええと、待ってくださいね」

「なにをするんです」

「メモ用紙とボールペンを」

「ああ、いまは必要ないですよ」

「なぜ」

「進矢が実家から帰ってくるのは、四月に入ってからです。まさか三島まで会いにいったりはしないでしょう」

「ええ。そこまでは」

「じゃ、今晩でも充分です」

「なぜいまこの電話で教えてもらえないのかしら」

「一緒に食事をしたいから」

啞然として、言葉が出てこない。

「広瀬さんが料理下手で、知り合ったばかりの人間を部屋に入れないというなら、どうです、僕の家へ来ませんか。今日も誰もいないし、僕、わりと料理の腕はいいほうなんです。自分で作ることが多いから」

「森本さんが私に手料理をふるまってくれるんですか」

「はい」

「そして、一緒に食事をしなければ、高畠さんの連絡先を教えてもらえないのかしら」

「その通りです」

しばらく考えた。最近の少年犯罪の多さを念頭に置いておかなければならない。相手がどんなにひ弱そうな美少年だったとしても、だ。よく知りもしない少年の家へ行くのと、よく知りもしない少年を家へ入れるのと、どっちがより安全だろう。すでに住所を教えている以上、自分のフィールドで相手をするほうが危険は少ないように思える。

「もしもし、聞こえていますか」

「あ、ごめんなさい。考えていたんです。森本さんにご馳走されるより、私がお料理したほうがいいんじゃないかと」

泉は小さな笑い声をたてた。

「心配しているんですね。大丈夫。真っ黒に焦げた卵料理とか、靴の底みたいに固いステーキなんか出しませんよ」

「森本さんの腕を心配しているわけじゃないんです。頭痛がして、あまり外へ出たくない気分なんです。だから」

「ええと、それはつまり、僕の家で広瀬さんが料理するというのではなく、僕が広瀬さんの家へ行く、ということですか。いいの、ほんとに」

泉の声がはずんだ。早まっただろうか。泉の家でもなく、私の家でもない場所を提案するべきだった。しかし、いまさら前言を翻せない。

「ええ。五時ぐらいでいいかしら」

「五時に夕食？　それはすごく早いなあ。でも、麻子がそのほうがいいと言うなら」

すっかり昨日の砕けた口調に戻ってしまった。私は泉のペースに巻き込まれないために事務的に言った。

「最寄り駅は中央線のM駅です。駅に着いたら電話をください。自転車で迎えにいきます。十分くらいかかるけれど」

「分かった。楽しみにしているからね」

電話を切って、ぱたんとベッドに横になった。鎮痛剤は頭痛には効かず、眠気ばかり誘う。こんなに眠くなければ、泉にもっとちがう対応ができたのに。

8

うとうとしつづけ、目覚めると、十二時半になっていた。まだ睡魔が頭の片隅に居座っているが、頭痛はほぼおさまっていた。母にごっそりもっていかれた気力も回復している。あと四時間半で泉がこの家に来るはずだ。掃除でもしようか。

しかし、彼は本当に来られるのだろうか。一晩じゅう眠っていないようなことを言っていた。一度寝床にもぐりこんだら、四時や五時に目覚めるなんてことはできないのではないだろうか。

賭けてもいい。泉は寝過ごして、約束をすっぽかすにちがいない。

寝室を出ると、掃除とか食器洗いは放置して、パソコンを起ち上げた。先日美佐子の机の引出で見つけた「ジェネチクス・サービス」というウエブサイトを覗いてみよう。進矢との接触を断たれている以上、それぐらいやっておかなければ美佐子に申し訳が立たない。

検索エンジンに「ジェネチクス・サービス」と入力すると、数件がヒットした。しかし、「ジェネチクス・サービス」というサイト名はなかった。「日本ジェネチクス・サービス」というのならある。これをクリックしてみると、美佐子の部屋で見たのとは全然ちがうトップ・ページが現れた。

DNAのイラストはなく、会社のロゴの下に「健康で豊かな社会づくりに貢献していきます」というキャプションがある。そして、サービス内容、会社情報、お問い合わせなどといった目次が並んでいる。

ためしに、サービス内容をクリックしてみた。「種苗」「実験用動物」「検査キット」などといった文字がずらずらと現れた。

どう考えても美佐子が関心をもつサイトとは思えない。やはり美佐子の部屋で見たのとはべつのものらしい。

検索エンジンに戻った。数件しかないのですべて開いてみたが、アンテナにひっかかってくるものはなかった。もしかしたら、美佐子が印刷したサイトはもう閉鎖されてしまったのかもしれない。

がっかりだ。なにか意味ありげなサイトに思えたのに。

ジェネチクス。私と美佐子は、その単語について会話を交わしたことがある。あれはいつのことだっただろう。芦辺家の庭の柿を食べながらだったと記憶しているから、昨年の十一月末といったところか。

「ジェネチクスって英語よね。どう綴るの」

なんの話のなりゆきか、美佐子がそう聞いた。学生時代の英和辞典をどこかに放りこんだままなくしてしまった美佐子は、私を辞典がわりにしていた。

「G、E、N、E、T、I、C、S、よ。意味は知っている?」

「遺伝子、でしょう?」

「ううん、遺伝子はジーン。ジェネチクスは遺伝学とかいった意味」

「あ、そうなんだ。ずいぶんちがう音になっちゃうのね」

「そうね。綴りはG、E、N、E、で、最初の四文字がそっくり入っているけどね」

「GENEね。遺伝子の、という形容詞はどうなるの」

「ジェネチク。G、E、N、E、T、I、C。でも、どうして」

聞きかけて、私ははたと気がついた。美佐子が以前から自分の遺伝子を診断してもらいたがっているのを思い出したのだ。

美佐子は、遺伝子を調べれば自分が乳ガンになるかどうか確実に分かると信じていた。そして、ガンになると診断された場合、発病する前に乳房を切除することを考えていた。遺伝子が人生のすべてを決めるわけではないと信じている私は、心ひそかに憂いていたけれど。

「またガンのことを考えているのね」

「そんなことないわ」

「いいえ、そうに決まっている。まさか検索エンジンで遺伝子診断のウェブサイトなんか探していないでしょうね」

「していないわよ。たとえ探し出したって、英文がろくに読めないんだから中し込みようがないでしょう」

「ならいいけど。もうアメリカ流の乱暴な治療のことなんか忘れなきゃ駄目よ」

美佐子は、悲しげな微笑をこぼしただけだった。そして私は、友人の頭からふりはらえない死病の影に苛立ちを募らせたのだった。

メール・ソフトを起ち上げた。購読しているメール・マガジンしか来ていなかった。

なんとなく、美佐子からのメールのファイルを開いた。美佐子がインターネットを始めた四年前からのメールをすべてとってある。といっても、数はそう多くない。電話での連絡のほうが圧倒的に多かったからだ。

いっとう最初のメールを開いてみた。

『無事着いた？　返事ちょうだい。』

それが、美佐子のEメール事始めだった。

インターネットにかんして、私は五年ほど先輩だったが、美佐子が私に協力をたのむことはなかった。設定のすべてを伸彦にまかせたからだ。美佐子は伸彦を自室に入れたがらなかったけれど、お互いの面倒を見あうのを厭（いと）うほど冷たい関係ではなかった。

そういえば、美佐子はパソコンに詳しくなかった。それなのに、パスワードでガードできたのは不思議だった。自力でやったとはとても思えない。かといって、伸彦にまかせたのでは、ガードにならないだろう。

考えるより早く、答えは知っている。脳裏には、つんつん頭をした凜々しい眉毛（まゆげ）の少年が浮かんでいる。あの子にたのんだにちがいない。

「こんなことくらいできないの」

甥っこに嘲笑（ちょうしょう）じみた言葉を浴びながら、それでも美佐子はパソコンをみてもらっていたのだろうか。ぐっと怒りを噛み殺すのではなく、むしろ媚（こ）びるような笑みをむけて。そういう美佐子を想像するのは、腹立たしい。

高校のころの美佐子は、同年代の男子よりもずっとかっこいい女の子だった。まぶたを閉じれば、いつだってあのころの美佐子を思い出すことができる。小麦色の肌をしていて、すらりと背が高く、スポーツとりわけテニスがうまくて、おまけに演劇部の花形だった。

演劇部は、二年生の時の学園祭で「ロミオとジュリエット」を上演した。女子高だから、男役を演じるのも女の子だ。ロミオ役を演じたのは美佐子だった。美佐子がいたからこの年演劇部は「ロミオとジュリエット」を上演したというのが、本当のところだ。

期待にたがわずこの時の美佐子の出来は素晴らしく、舞台を見た他校の女生徒からファン・レターが美佐子に届いたほどである――擬似的に死んだジュリエットを胸にかき抱いた時のロミオは、切なくも美しくて、胸がかきむしられそうだった。美佐子だと分かっている私でさえ。

高校進学の時、本当は宝塚を受けたかったのだけれど、両親が娘を遠くへ離すのに猛反対したため諦めたというのは、あとから聞いた話だ。もし両親の反対がなければ、十中八九、私は美佐子とめぐり会えていなかっただろう。美佐子の一生は、よくも悪くも両親に左右されたものだった。それは私も、似たようなものだけれど。

数通あとの、無題のメールを開いてみる。

『ガンが再発した。』とだけ。

このメールを日にした時の気持ちは鮮明に覚えている。

はじめて文芸作品を翻訳していた最中だった。思うようにはかどらないうちに締め切りが迫り、その日は一日じゅう家にこもって英文とにらめっこをしていた。電話にも玄関のチャイムにも出ないでいた。どちらも数回鳴ったのだけれど。そして夜、寝る前にメールをチェックしたら、これが来ていたのだ。

自分がなにか非道なことをしていたような気がした。折り返し電話をしたかったけれど、もう夜も更けていて、はばかられた。眠気が失せ、祈るかわりに仕事をしていた。遊びに行けばいつも暖かく出迎えてくれた美佐子の母親は、私にとっても大切な人だった。

朝八時をすぎると、自転車を駆って芦辺家へ行った。玄関に出てきた美佐子は、疲れ果てた顔をしていた。「ママに聞こえたら困るから」と私を門扉まで押しかえし、低い声で説明した。病院のベッドがあくまで自宅待機していること、本人には再発は知らせていないこと、私にも秘密を守ってほしいこと。

それから一週間ほどで、美佐子の母親は入院した。その間、美佐子は毎日うちに来た。母親に隠れて泣くためだった。

親というものにそれほど執着していない私は、大切な知人の病気だということをべつにすると、美佐子の見せる悲嘆に戸惑う部分もあった。けれど、美佐子に頼られていると思うと、悪い気はしなかった。正直いえば嬉しくさえあった。

母親が入院したあとは、美佐子の生活は病院と家の往復に費やされた。それが約半年続いた。携帯電話を買い、メール機能も使いこなすようになった。あのオフホワイトの携帯だ。

あれが小物入れに放りこまれているのを見たその日のうちにメールを送ってみたが、宛先不明で返ってくることはなかった。まだ契約は続行されているらしい。つまり、メタリック・ピンクの携帯はやはり買い替えなどではなく、私にも秘密の二台目だったのだ。それを考えると、気持ちが沈む。

首をひとふりし、美佐子が携帯からはじめてよこしたメールを探す。

これだ。

『件名：携帯で打っているの。

これ、携帯で打っているのよ。ちゃんと着いたでしょう？　驚いた？』

母親が一時的に回復して、退院していたころだったと思う。母親の病状についてなにかいいことや悪いことがあると、すぐに携帯でメールをよこした。電話で話すのは母親の耳に入るおそれがあったし、かといっていちいちパソコンを起動させるのは面倒だったからだ。

私のほうもつねにメール・ソフトを起ち上げていて、短いながら即座に返事を書いた。よかったね、とか、心配ばかりしていちゃ体に悪いよ、とか。美佐子とやりとりしたメールはこのころが一番多い。

母親が亡くなったあとは、もう携帯でメールを打つ必要もなくなった。会って話す、電話で話す。私が仕事で煮詰まっている時だけ、美佐子はメールをよこした。そして、最後のメール。

『件名：さっきはごめん

忙しいと知っていたのに、電話してごめんね。明後日楽しみにしているからね。』

歌舞伎座にあなたなにを着ていく？　そういう電話をよこして、仕事中の私は不機嫌な声を出した。それですぐこのメールが来た。私は返信しなかった。事実上、これが美佐子との最後の語らいになったのに。

不意に、強い焦燥を感じた。これじゃあ、私がちっとも怒っていなかったことを知らずに美佐子は逝ってしまったことになる。もちろん、美佐子は気にしてはいなかっただろう。仕事が終盤にさしかかると私が怒りっぽくなるのは、いつものことだ。美佐子はそれを知っている。けれど、けれど、けれど！

返信をクリックした。

『件名：ｒｅ：さっきはごめん

こっちこそごめん。いつものことだけど、頭を英文が占領していると、ついこらえ性がなくなって。もしかしたら、もしかしなくても、英語嫌いなのかもしれない。

お芝居、私もとても楽しみにしているよ——いたよ。』

書いてから、美佐子のメールを含んだ全体を見直して、違和感を覚えた。ｍｉｓ-ａｓ＠……美佐子のメール・アドレス、こんなんだったかしら。携帯のほうはｍｉｓａｋｏ-ａ＠……で、パソコンのほうはａｓｉｈｅ-ｍ＠……ではなかったかしら。

アドレス帳を開いて確認すると、やはりｍｉｓａｋｏ-ａ＠……とａｓｉｂｅ-ｍ＠……で登録されている。とすると、ｍｉｓ-ａｓ＠……はなんなのだ。もしかしたらメタリック・ピンクの携帯のメール・アドレス？

しばらく茫然とメール・アドレスを眺めていた。美佐子は、私にメタリック・ピンクの携帯を秘密にしていたわけではなかったのだ。こんなふうにメールを送ってきていたのだ。きっと携帯を買い替える際、通信会社も変更したのだろう。だから一時期、美佐子は二機の携帯を持つことになったのだ。

送信をクリックしてみた。伸彦はオフホワイトの携帯を契約解除していないのだから、こちらも解除していないかもしれない。

数分待ったが、メールは戻ってこなかった。思った通り、伸彦は契約を放置したままなのだろう。とすると、あのメールは美佐子のいる場所にまで届いたのではないか。

そんな考えは馬鹿げているだろう。でも、美佐子に返事ができたと思うと、心がいくらか軽くなった。

9

パソコンにむかったついでに仕事を始めた。月曜日にわたす短い文章だ。カップヌードルを食べるために中断した十五分を除いてずっと集中し、完了した。月曜日まで待たず、発注者へ送稿する。その瞬間を見計らっていたように、「スカボロ・フェア」のメロディが部屋に流れた。

壁の掛け時計を見ながら、テーブルに置いた携帯電話をとりあげる。五時。泉と約束していた時間。すっかり忘れていた。泉でないことを願ったけれど、受話口から聞こえてきたのは泉の声だった。

「もしもし。いま着いたよ」

「あー。二十分、待ってくれる」

「十分で来れるんじゃなかった?」

「ちょっと急ぎの仕事が入って、やっていたの」

「忙しいんだね、土曜日なのに」

「自由業には土日はないのよ」

「分かった」

このまま帰る、と言ってくれるかと思ったけれど、それほどあしらいやすい少年ではなかった。

「じゃ、この辺のゲーセンで時間をつぶしているから、駅前に来たら電話ちょうだい」

ゲーセンで暇つぶしをするなら、二十分で行かなくてもいいだろう。少し時間をかけて準備しよう。

電話を切ると、まずお米を研ぎ、電気釜の炊飯タイマーを三十分後に合わせた。それから寝室へ行った。タンスの前でかなり迷ってから、グレーのストライプのブラウスに黒のコットン・セーターを重ね着してジーパンをはいた。それだけでもう十五分が経っていた。

洗面所に駆けこんで、できるだけ手早く、しかしいつもより丹念に化粧をする。泉の母親と同年齢だとしても、泉の母親には見られたくない。せめて年の離れたお姉さんくらいの役割でいたい。唇を少し濃い目のピンクに塗った。

これで、泉のお母さんではなくお姉さんに見えるようになったかどうかけ確信がもてない。

とにかく三十分が経過。いくらなんでももう駅へ行かなければならない。

爽やかな風を切って駅へ自転車を走らせているうちに、頭が冷めた。泉のお姉さんに見られたいだなんて、なんのために？　肝心なのは、美佐子の死の真相を解明することだ。そのために、泉に会い、進矢の連絡先を聞き出そうとしているのだ。外からなにがどう見えようと、気にすることはない。というか、気にするのはおかしい。

駅前に着いて、泉に電話を入れた。ずいぶん鳴らした挙げ句、喧噪の中から泉の声が聞こえてきた。

「いまちょっと手が離せない。エデンとかいうゲーセンにいるから来て」

それだけで切れた。

エデン？　辺りを見回す。駅前の商店街にあるゲーム・センターがそれのようだ。

それにしても、ゲーム・センターだなんて、私には秘境のようなものだ。そもそも学生時代にだってろくに入ったことがないのだ。「校則は破るためにあるんだ」という真由子の主張に同調して、立入禁止のゲーム・センターに何度か足を踏み入れたけれど、ゲームが癖になることはなかった。

駅前の舗道に空間を見つけて自転車を置き、エデンにむかって歩いていく。

秘境はテクノ音と煙草の臭いに満たされていた。ずいぶん混んでいる。八割方はミドルティーンの少年だ。いかにも私は場違いだった。煙草をくゆらせながらシューティング・ゲームをやっている少年にガンを飛ばされた。早く泉を見つけて出なければ。

いた。店の奥深く、何台も同じ機種の並ぶゲームの前に座っている。横顔が試験の最中かなにかのように真剣だ。

「森本さん」

声をかけたとたん、

「『エースをねらえ！』って、誰の作品？」

嚙みつくように聞かれた。

「えー。誰だったかな。池田理代子？」

ゲーム盤の上で、泉の指が目にもとまらない速さで動く。

「あー、ちがっている」

泉はがっくりと肩を落とした。正答は、山本鈴美香だった。

そういえば、そうだった。中学生時代は片っ端からマンガを読んで孤独を埋めた。当時夢中になったマンガはいまでも後生大事にとってある。けれど、さすがに読み返すことはなくなった。作者の名前だって、うろ覚えになってしまった。それに、「エースをねらえ！」は、私よりいくらか上の世代で流行った少女マンガだった。

画面が切り替わり、合格という文字の下にいくつかハンドル・ネームとおぼしき名前が並んだ。泉は立ち上がった。

「ゲーム・オーバー」

「なにがなんだか分からないわ。なんのゲームなの」

「一言でいえば、クイズだね」

泉は、出ようというように私の背中を軽く押した。いくらか不機嫌に見えた。

「なんなら、もう一ゲームしていってもいいのよ」

「いや、今日はやめておく。これ以上続けて不合格になると、中級魔術士に転落しちゃうから」

「それ、どういうこと。ゲーセンのゲームって、一回きりじゃないの」

言いながらも、足のほうは動いていた。早く外に出られて嬉しかった。

「ちがうよ。オンラインでつながっていて、全国の参加者と腕を競いあっているんだ。賢者が最高位。僕は上級魔術士一級まであと一歩のところだったんだけれど、ちょっとやらなかったら、たちまち落っこちちゃって」

ゲーム・センターで見えない相手と知識の競いあいをしているのか。しかし、上級魔術士だの賢者だのというネーミングは、ゲーム内容とのずれを感じる。

「流行っているの？」

「そうだね。人によっては、メモ帳片手にやっているよ。出された問題で分からなかったのを覚えておいて、次に出た時には素早く答えられるように。もっとも、僕は少し飽きてきたかな」

　若い子とつきあうと、新しい世界が開ける。だからどうということもないのに、自分が更新された気がして、わくわくする。美佐子も、こんな気分を味わいながら進矢の世話を焼いていたのだろうか。

「進矢君もゲーム好きなの」

「うん。よく二人でゲーセンに行くよ。ところで、なにを食べさせてくれるの」

　泉は気安く私の肩に手をかける。私は答えに窮した。なにも考えていない。

「ええと、なにが食べたい」

「麻子が作るものならなんでも」

「そういうのが一番困るのよ」

「なんでー、母親みたいな言い草だ」

　ちくりと胸に注射針で刺されたような痛みが走る。

「私の母親はこんな台詞は言わないわよ。自分で献立を選んで有無を言わせず食卓に載せるわ」

「麻子のお母さんて、麻子の子供のころ三食作ってくれたの」

「もちろんよ」

「ちっとも壊れた家庭じゃないじゃないか」

泉の口調には非難がこもっていた。

「母親が手料理さえ食べさせてくれれば、まともな家庭だって？」

「それは少なくとも必要条件だよ」

「で、十分条件は？」

「父親が金を稼いでくること」

「この性差別者」

「どこがー」

「性別による役割分担をしているところ。母親がお金を稼いで、父親が家で主婦業をこなしている家庭でも、まともなものはまともでしょう」

「まあ、それでもいいけど。とにかく両親がそろっていれば、必要十分条件の家庭だよ」

「私に言わせれば、安らぎがある、という形容句が、家庭の上につかなきゃ、必要十分条件にはならないわね」

駅前のスーパーマーケットに入った。なんでもいいと言うなら、カレーライスが一番簡単だ。それに生野菜サラダをつける。泉に買い物カートをひかせて、材料を放りこんでいく。

鮮魚売り場を歩いていて、捻じり鉢巻姿のおじさんに声をかけられた。

「今日はマグロのいいのが入っているよ、お姉さん」

いつものようにお姉さんと呼びかけられたので、思わず口もとがゆるんだ。息子と買い物をしている母親に見えるのではないかと、案じていないでもなかったのだ。

カレーとサラダの材料をすべて買いそろえ、出口に行きかけて、ケーキ売り場で足をとめた。この際、デザートも奮発してしまおう。なんだか、心が陽気になっていた。シャンパンがグラスの中でぷちぷち弾けている感じ。

すべて買って自転車の買い物籠に入れ、自転車を押して帰る。泉がケーキの箱だけ持って、ついてくる。

そろそろ空は暗くなり、街の灯もともりはじめた。逢魔が時という言葉がふさわしい、非現実的な雰囲気が漂っている。

「ついこの間まで、この時間になるともう夜っていう感じだったのにね」

私と同じようなことを考えていたのか、泉は言った。

「すっかり春よね」

「すぐ四月だもの。そういえば、美佐子のうちはどの辺なの」

シャンパンの泡が一気につぶれた。美佐子のことを完全に頭の外に追いやっていた自分に憤りを感じた。

「あの四つ角を曲がって少し行ったところ。行ってみる？」

「いや、いい。でも、駅からけっこう近いんだね」

「私のマンションよりも徒歩で五分ほど近いわよ」

「じゃあ、売ればけっこうな金になるね」

「動機は遺産目当てだと、まだ考えているのね」

「いや、そうでもないけど。僕、重大なことを思い出したんだ」

「なに」

「夕食を食べてから教える」

「焦らすわね」

泉は男っぽい声で笑った。笑いごとじゃないのに、こちらも慣れてしまって怒る気にもなれない。

泉は、私の家に一分で馴染（なじ）んだ。部屋の入り口で室内をぐるりと見回すと、流しの真向かいのソファに居場所を決めたらしい。猫のように体をまるめて座った。携帯電話のゲームで遊びながら、私が食事の支度をするのを眺める。まるで何年もそのソファに座りつづけている人のように、自然な態度だった。

　材料をまな板で刻む音、電気釜から立ちのぼるご飯の匂い、それから私のエプロン姿、そういったすべてのものに、泉はいちいち「いいなあ」とつぶやいた。「テーブルを拭いてお皿を出して並べて」と命令しても「いいなあ」とつぶやいてくれるので、おかしいやらかわいいやら。

　しかし、本当は怒らなくちゃならないのだろう。私はあなたの母親になるつもりはない、と。

「誰かと一緒に食べるのは久しぶりだ」

「私もよ。味はどう」

「うん、おいしいよ」

　泉は食べながらしゃべる。しゃべりながら食べる。私も同様だ。一人でいては決してできないこと。

「麻子って、どうして結婚しないの。ちゃんと家庭的じゃない」

「また性差別的発言ね」

「うーん。そんなふうに恐いから、男が逃げるんだ」

「あら、私、恐くないわよ」

「うん、恐くない。なんだかんだ言っても、ご飯を作ってくれるんだもの」

「私、あなたを甘やかしすぎているかしら」

「悩まないで」

と、泉は早くもからになった皿を差し出す。

「おかわりできるよね」

「もちろん。でも、自分でよそってきてね」

泉がにっこり笑ったので、私はさらに甘やかしてしまったことを知った。おかわりを勝手に持ってこさせるなんて、この家での存在を完全に認めてしまったようなものだ。

泉は、私が盛ったのよりも多い量のカレーライスを持って戻ってきた。男の子と暮らしたことがないので、彼らがこんなに食べる生き物だとは知らなかった。

美佐子も進矢の食欲にびっくりしただろうか。彼女は男と暮らしていたのだから、分かっていたか。

「麻子の家庭って、どんなんだったの。今度話してくれるって言っていたよね」

「話すほどのことはないのよ。父親が浮気をして、母親がそれに耐えられなかっただけ。それで離婚して、母親は実家に帰って、私はここに引っ越した」

「一人っ子なの」

「妹が一人いるわ」

「そっちはお母さんと一緒に住んでいるの」

「父親よ」

「裏切りものだな」

「ちがうわよ。私の母親のところに押しかけられたら困るわ。母親と血がつながっていないんだから」

「あ、そうなんだ」

泉は二さじ続けてカレーを口に入れた。

「そいつのこと、麻子は嫌い？」

きちんと飲み下してから、聞く。なぜか声にかすかな不安が揺れている。

「なんとも言えないわ、会ったことがないから。この数年メールをやりとりするようになったけれど」

「どこか遠くに住んでいるの？」

「ロンドン」

「もしかして、目が青い？」

「目は茶色だけれど、髪は赤毛ね。美人よ。まだ二十歳なの」

泉がどこか痛ましげな表情になったので、水を飲むふりをして視線をかわした。父親と愛人の間に子供が生まれると知った時のことを思い出す際、自分がどんな顔になるのか、鏡で見たことがないので分からない。だけど、美しいとはいえないだろうと想像がつく。胸の痛みはもうすっかり消えたけれど。

「泉には兄弟はいないの」

「わっ」と泉は奇声をあげた。

「なによ」

「はじめて呼び捨てにしてくれた」

「私、そんな言い方した？」

「したよ」

「お行儀の悪さが森本さんから伝染ったのね」

「あ、また森本さんだなんて。名前を呼び捨てにしてよ。呼び捨てにしたからって、行儀が悪いわけじゃないだろ。行儀が悪くてもべつにかまわないし。第一、英語圏じゃ、親しい人同士はみんな呼び捨てだろ」

「親しい人同士は、ね」

「僕と麻子はまだ親しくないって？　もう客用の皿やカップがどこにあるかも知っているの

に」

　かなわない。

「じゃあ、いいわ。もう一度聞くけれど、泉には兄弟はいないの」

　泉はスプーンを持つ手をとめた。

「そんなに言いたくないこと？」

「いや。べつにかまわないんだけど、もしかしたら麻子に嫌われるかもしれないと思って」

「兄弟がいるとかいないとかで？」

「僕、麻子と逆の立場だから。いや、もっとも香代子は、香代子って母親だけど、彼女は僕の父親と結婚したわけじゃないから、まるきり麻子と逆というのでもないんだけど」

　そうだったのか。

「じゃ、泉も腹違いの兄弟がいるのね」

「そう。それも、二、三人はいるみたいなんだぜ、本妻との間に。それでなんで香代子とこんなふうになったのか分からない」

　泉はスプーンを口の中につっこんで、ほっぺたをふくらませた。

　男の性という単語が浮かんだけれど、声には出さなかった。

ケーキを食べ終わるまで、「重大なこと」については忘れたふりをしていた。カレーを二皿と野菜サラダ、チョコレートケーキをたいらげた泉は頭がとろけかかった表情になっている。


「電話のあと眠ったんでしょう」

「うん、三時間ばかり」

「ゆうべはどうして徹夜したの」

「パソコン・ゲームを始めたらやめられなくなったんだ」

「ゲームが好きなのね」

「リアルはつまらないから」

「まだ眠らないでね」

「眠らないよ。僕は一日に三時間眠るだけで充分なんだ」

そう言うはしから、上下のまぶたがくっつきそうになっている。

「重大なことって、なんなの」

「え？」

「なにか重大なことを思い出したって、歩きながら言っていたでしょう」

「ああ……心中ゲーム」

「ゲームの話じゃなくて」

「ゲームの話じゃないよ。いや、ゲームではあるんだけれど。僕がやるゲームとはちがうんだ。高校の先輩がやっているという噂の、リアルでのゲーム」

私は手をひらひらとふって、泉の言葉を遮ろうとした。

「ゲームの話はもういいのよ。私が知りたいのは美佐子のこと」

「その美佐子が巻き込まれていたのかもしれないんだ」

「なんですって」

ゲームの名称が「心中」だったことを思い出した。背中が理由もなく粟だった。

「どんなゲームなの」

「女性をひっかけて、恋をさせ、心中をもちかけて、一人だけ逝かせる」

ひとつひとつの言葉をつないで意味をとるのに、時間がかかった。なにしろ、私はゲームが苦手だから。真出子なら、即座に理解するだろうけれど。そもそもリアルでする心中ゲームなんて……。

ゆっくりと、驚愕が胸にせりあがってきた。

「それって、殺人じゃないの」

「かもね」

「なにを考えているのよ」

思わず立ち上がって叫んだ。怒りに鷲掴みされていた。そんなひどいゲームをしている高校生がいるなんて信じられない。信じたくない。そりゃあ、最近の十代はすごいとは思っていたけれど、それでも。

泉は目をぱちぱちさせて私を見上げた。

「僕がやっているわけじゃないってば。それに、噂だけで、実際にやっているのかどうかも分からないし」

「でも、じゃあ、どうして、美佐子が現実に死んで……」

美佐子の死に顔が頭の中でぐるぐると回っている。幸せそうにほほえんでいた顔。愛する人と一緒に死の世界へ旅立つと信じていたから、だからあんなに幸せそうだったのだろうか。

「落ち着いてよ」

いつの間にか、泉が私のそばに来ていた。私の背中をなだめるように撫でている。背丈のわりには華奢な手はまるで女性のそれのようで、美佐子に撫でられていると錯覚しそうだった。そう、両親が離婚すると決まった時に、美佐子はそうやって私を慰めてくれたのだ。

泣くのは美佐子の死の原因を突きとめてから。その誓いを、私は破った。泉の胸に顔を埋めて、嗚咽した。

第二章　わけが分からなくて嫌なことばかり

1

翌日、私は有楽町の日生劇場にいた。泉と芝居を見る約束をしていた。

ゆうべのことを思い出すと、赤面してしまう。

ゆうべ、一時的な激情が去ると、恥ずかしくなった。二十歳以上も年下の男の子相手になんという醜態をさらしてしまったのだろう。しかし、泉がさりげない態度を保っていたので、私もなにごともなかったかのように振る舞うことができた。

泉は「心中ゲーム」について次のような説明をした。

泉のかよっている高校は某有名私立大学の付属高校だ。世間からはよい高校と見られているけれど、悪い遊びをしている生徒もそれなりにいる。べつの有名私立大学でショウ・ビジネスを隠蓑にした集団レイプ事件が発覚したのはそれほど古い話ではないが、先輩の中にそのグループに出入りしていた連中がいたという噂がまことしやかに流れているくらいである。「心中ゲーム」をやっている連中はその流れを汲んでいるとも言われている。

　年上の女性をナンパして金を貢がせ、挙げ句に心中をもちかけて相手の女性だけを死に追いやる、というのがそのゲームの内容だ。もっとも泉は、「成功」を自慢げにしゃべりあっている生徒の会話を小耳にはさんだという話を聞いたというだけなので、真偽のほどは不明である。

「心中をもちかけて相手の女性だけ死なせるなんて、そんなにうまくいくものかしら」

　冷静になって考えると、かなり疑問だった。しかし泉は、なんの苦もなくずらずらと並べたてた。

「そりゃあ、できるよ。あとですぐに追いかけるからと言ってナイフで刺すのもよし、首を吊らせるのもよし、自分はそのあと逃げればすむことでしょう。あるいは、一緒に服毒するふりをして、自分だけ無毒のものを飲むことだってできる。ほかにも……」

　途中で、泉の口を封じた。

「もういい。充分よ。心中を装って相手を殺せることは認めるわ。でも、そういうことが行われたのを体験したり目撃したりした人の話じゃあないってことよね」

「うん。ただ、その噂をしているのは一人二人じゃないんだ。その分、真実味がますと思わない？　連中が歌舞伎座とか日生劇場とか、そういった、金持ちでドラマチックを待ちわびているオバサンが多くいそうな場所に出没しているらしいことも耳に入っている」

「歌舞伎座というと、美佐子がよく行っていた場所だわ」

「うん。だから、もしかしたら、美佐子もそういった場所で彼らの毒牙にかかっていたのかもしれない」

　歌舞伎座には現実味を感じるけれど、じゃあ、伸彦の役割はどうなるのだろう。美佐子は伸彦に殺されたのではないかと疑っていたのに、彼自身も被害者でしかないのだろうか。

　それにまた、べつな疑問も湧く。心中ゲームをやっている連中と同じ学校にかよっている甥がいる以上、美佐子が劇場などでナンパされたと考える必要はないのではないだろうか。もしそういうことがあったとしたら、むしろ偶然がすぎる。

「進矢君がそのゲームをやっているのではないでしょうね」

「進矢はわざわざ自分から女性をひっかけるなんていう面倒くさいことはしないよ」

「だって、現に歌舞伎座に行っていたわ」

「ああ。あれは、美佐子が日本人のたしなみとして一度くらい歌舞伎を見ておくべきだって言うものだから、見ることにしたんだって。美佐子と一緒に行くはずだったのが、あんなことになったんで、進矢は僕を誘ったんだよ。ま、いい経験になったとしか、僕には言えないけれどね」

美佐子は私と一緒に見た芝居を、さらに義理の甥と見るつもりだったのだろうか。あまり若者受けする演目ではなかったことだし、ほかの機会を選んでもよかったはずなのに。

私の顔に強い猜疑心を見てとったのだろう、泉は言い足した。

「たとえ進矢が心中ゲームをしていたとしても、美佐子を獲物にするわけはない。だって、おいしい家庭料理をただで食べさせてくれる貴重な存在なんだからね」

「でも、進矢君が美佐子に友達を紹介して、その友達の中にゲームをやっている子がいたのかも」

「やめてよ。それじゃ、僕も容疑者の一人になりかねない」

「あなた、美佐子に会ったことがあるの」

「うん」

記憶が私の心に黄色信号を点滅させた。

「確か美佐子のことをはじめて話した時、まったく知らないみたいだったけれど」

「そりゃあ、美佐子のことを進矢がフェロモンの塊だと評していたなんて言うから。僕の会った美佐子は、どこから見てもとてもいいお母さんという感じだったよ」

泉は、いいお母さんという部分でちらりと苦い表情を覗かせた。

どうも美佐子にいいお母さんという形容はそぐわない、いい娘ならともかく。苦しい嘘のように思える。

「どこで会ったの」

芦辺家で、なんて言ったら、泉への不信は決定的だったが、答えはちがっていた。それも、私には思いもかけない方向で。

「進矢の部屋で」

「美佐子は進矢君の部屋に行ったことがあるの」

「なにを驚いているの。掃除に来てくれていたんだよ、はじめてのことだったらしいけれど」

掃除。本当に「いいお母さん」だ。

「知らなかったわ、そんなに美佐子が進矢君の世話をしていたなんて」

「美佐子のことはなにからなにまで知っていると思っていた？」

「そんなことはないけれど」

美佐子と私はいつもべったりしていたわけではない。私の仕事が終盤にさしかかったりすると、一週間も二週間も電話一本入れない日だってあった。そんな時に美佐子がなにをしていたかなど、知りようがなかった。でも、そこまで熱心にお母さんごっこをしていたなら、少しくらい話してくれてもよかったはずなのに。

「美佐子って、麻子のなんなのさ」

泉の質問は、私の意表を突くものだった。

「え、友達よ。高校のころからずっと続いている。仲のいい四人組だったの」

それ以外、なんだと言えばいいの？

「高校からなの。だって、こんなに近くに住んでいて、幼馴染みなんだと思っていた」

「ああ。ちがうのよ」

私は、両親の離婚後、母の実家へついていくのが嫌さにこのマンションを買ったことを話した。泉は口笛を吹いた。

「すごいな。二十歳でマンションを買っちゃうなんて。僕も見習わなきゃ」

そう言ったあとで、泉はまたしても私の意表を突いた。

「だけど、この町にしたってことは、やっぱり美佐子のそばにいたかったからだろう」

「そうね。そりゃ、なんといってもまだ二十歳だし、友達がそばにいたほうがよかったのよ」

「友達、じゃなく、美佐子だよ。仲よし四人組のほかの二人を選んでいないわけだから」泉は、ぐいとテーブルに身を乗り出した。「美佐子に恋でもしていた？」

恋。笑いとばそうとして、できなかった。

はじめて教室で美佐子を見た時の印象が、目の中に鮮やかに蘇った。教室に向日葵が咲いている。そう思った。それほど美佐子は華やかでくっきりと目立つ少女だった。

でも、私には関係のない人だった。私は中学の時いじめを受けて以来、同世代に心を鎖していた。彼らとつきあうのは真っ平だと思っていた。

だから、秋の陸上競技会の日、一人きりでお弁当を広げていた私にむかって美佐子が歩いてきた時は、心臓が爆発しそうなほど打った。「あちらで一緒に食べましょうよ」美佐子は自分のグループを指さした。まったく嫌みのない軽やかな態度だったから、私は思わず首をたてにふり動かしてしまった。

あの時の鼓動の高まりは、恋にも似ていた。声をかけられるずっと前から、あの荒野で一本だけすくと咲いた向日葵のような少女をいつも意識していた。だからといって、私はレズビアンではない。

「高校生のころは、美佐子の一挙手一投足がまぶしかったわ。でも、恋とはちがう。自分がああなれたらいいなという……憧れというのが、一番近い感情だったわ」

「で、いまは。いまも憧れていた？」

泉に追いこまれるようにして、私は美佐子との関係を洗いなおす。美佐子が憧れの対象でなくなってから、どのくらい経つだろう。少し冷静に彼女を見られるようになったのは大学を卒業したころ、だろうか。

「さすがに憧れてはいない。友達だけれども、それにプラスして、姉とか妹とか母親とか娘とか、その時どきで変わる人、かな」

「すると、麻子は友人と姉と妹と母親と娘をいっぺんに失ったのか。すごい悲劇」

泉は愉快そうに叫び、それから私を見て首をすくめた。私はきっと泣きそうな表情になっていたのだと思う。

「ごめん。ついうっかりバーチャル感覚になってしまって」

「そうなんでしょうね。所詮、美佐子はあなたとは無関係な人ですもの」

泉は手をのばして、私の肩をやさしく叩いた。

「麻子、顔は口とちがうことを言っているよ。機嫌を直してよ。僕も犯人を見つける手伝いをするからさ。なんなら復讐を手伝ってもいい」

「復讐？」私は耳慣れない言葉に肝をつぶした。「誰に復讐するっていうの」

「もちろん美佐子を殺した犯人に」

「そんな、復讐だなんて、そんな」

私は喘いだ。泉はきょとんと私の狼狽を眺めた。

「考えていなかったの。そんな大切な人を奪われたのに」

「そりゃあ、もし犯人がいるなら、許せないわ」

口に出してから、不意に自分の気持ちにむかって目が開いた。美佐子の死の真相を知りたいということは、犯人がいるとしたら彼もそれ相応の報い(むく)を受けてほしい、受けさせたいという思いにつながっている。

因果応報、目には目を、歯には歯を、命には命を。

犯罪者は警察にひきわたすのが正攻法だけれど、復讐という言葉はなにか火のような熱さで、私の心をひっかきまわした。だからといって具体的なことはなにひとつ思いつかず、熱さをもてあまして身悶(みもだ)えするしかなかった。

「ね、ひとつ策があるんだ」

と、泉が言っていた。私は、我に返った。

「策？　復讐の？」

泉は苦笑した。

「ま、復讐の策もあるけれど、その前に事件を究明しなきゃね。美佐子がもし心中ゲームのやつらの餌食(えじき)になったんだとしたら、そいつらを捜し出す。それを僕がやったげるよ」

「学校で探偵するの」

「いや。学校とはかぎらない。もう卒業しちゃったやつらの仕業かもしれないから」

「じゃあ、どこでなにをするの」

「この三月、心中ものをやっているメジャーな劇場が歌舞伎座以外にもあるのを知っている？」

「ええと……」

美佐子がなにか言っていたような気がしたが、思い出せなかった。

「日生劇場で、『新・近松心中物語』というのをやっているんだ」

ああ、そうだ、それも見にいくと、美佐子は言っていた。私は月に二本も観劇する気にはなれなかったので誘いを断ったけれど、美佐子は三月のはじめに見たはずである。

「こないだの『恋飛脚』は、馬鹿みたいな恋愛の末に犯罪者になった息子を嘆く父親の感情のほうがまさっていて、心中しようというカップルもやめたくなるようなものだったけれど、こっちのほうはオバサンの憧れを誘う出来になっているんじゃないかな。そういう芝居のあとのほうがオバサンはひっかかりやすいと思う。それを見にいってみようと思うんだ。もしかしたら、学校で知っている顔に出会うかもしれない」

「その人が、心中ゲームをしているグループの一員かもしれないということね」

「そう。美佐子の相手じゃないかもしれないけれど、そこから糸をたぐれる可能性がある」

それから、泉は目のふちにかすかな恥じらいを浮かべて私を見た。

「麻子も来ない？　赤の他人のふりをして、僕を見守っていてくれれば嬉しいな」

「そりゃ、はじめからそのつもりよ。もし殺人犯とむきあうことになるなら、あなた一人じゃ危険だもの」

「麻子って、やさしい」

泉は綿菓子のようなまろやかな微笑をこぼした。

観劇の簡単な打ち合わせをしたあと、泉は食器の後片づけを手伝ってくれた。それが終わると、九時になっていた。帰るのが大儀になった、泊めてよと言い出さないかと内心心配していたが、泉はあっさりと辞去した。そして、泉のいなくなった部屋で考え直すと、私はひどく荒唐無稽な与太話を聞かされた気分になった。

美佐子に秘密の恋人がいた可能性は高いと思う。それが高校生だったとしても、百歩譲って驚かないことにする。しかし、観劇で知り合った女性を貢がせた挙げ句に心中をもちかけて殺すなどといったような悪質な高校生の罠にかかっただなんて、信じられない。というよりも、そういう高校生がいること自体信じられない。いまの十代ならむしろ、邪魔ものは厄介な手続きを経ることなく始末しそうに思える。

その思いは、ここのこと日生劇場までやってきたいまも、変わらない。美佐子の死に関係があるとしたら、やはり影も形も見えない高校生よりは、進矢、もしくは伸彦が妥当だという気がする。第一、心中の片割れが美佐子だけ死の世界へ送ったあと逃げ出したのなら、なにかその証拠が残っていなければならないはずだ。だが、警察はそんなものは発見していない。だから、犯人が部外者であるとは考えにくい。

　開演を待つロビーに高校生らしい男の子の姿が見当たらないことも、その思いを強くさせる。観客の圧倒的多数者は、厚塗りしすぎた脂粉がパラパラとこぼれ落ちそうな中年女性だ。同性の友人と連れだって来ている人が多い。それから男女のカップル、連れのいない男性がごくわずか。

　美佐子は三月のはじめにここへ一人で来た。観劇が目的なのだから、寂しいということはなかっただろう。それでも、私もおともをすればよかったと思う。一人で来ていて誰かに声をかけられたら、気軽に応じてしまいそうな雰囲気が、この場にはある。高校生らしき男の子の姿が見当たらなくても、それだけは認めなければならない。

　むこうのテーブルでコーヒーを飲んでいる、やはり一人で来ているらしい男性と目が合った。男性の表情が動いたような気がして、反射的にうつむいた。

　開演が迫ってきたので、場内に入った。これまでのところ、泉を見かけていない。歌舞伎座の時のように遅刻するのだろうか。終演は九時すぎで、その間に幕間（まくあい）は一回しかない。うまく姿をとらえられるだろうか。とらえられなければ、なにをしにきたのか分からない。

「新・近松心中物語」は、泉が予測した通り、「恋飛脚大和往来」よりもはるかに艶かしい舞台に仕上がっていた。もとは近松門左衛門の同じ本らしいけれど、こちらは心中に到る経緯にくわえてもう一組の心中ストーリーが展開する。もっとも、二組目は、男のほうが死に切れず女だけ逝ってしまうのだけれど。こうなると、心中は自殺未遂と殺人に分解してしまう。けれど、先に逝った女は男を恨んだりはしない。早く自分のもとに来てくれと誘うばかりである。

美佐子の死に顔が蘇った。幸せそうな微笑。彼女もあちらで恋しい誰かを待っているのだろうか。それは美佐子を死に追いやった人物なのだろうか。そんな人であっても美佐子が待っているのだとしたら、私がこの手で送ってあげるべきだろうか。美佐子への贈り物と美佐子の死への復讐と、ふたつながら目的が達せられることになる……。

感傷が胸にこみあげてきた。それが苦いのではなく甘やかだったので、愕然となった。急いで美佐子の死に顔を頭からふりはらい、舞台に集中しようとした。

それにしても、生を謳歌するはずの春三月に、なぜメジャーな舞台で二本も心中ものが演じられているのだろう。昨年頻発したインターネットで知り合った者同士の心中事件に舞台関係者が触発された結果なのか、それともテロや新しい感染症の続発する不安定な時代に人々がせめて甘美な死を求めているのだろうか――こんな思考に陥るから、私は芝居や映画のいい観客にはなれないのだ。美佐子にもよく批判された。もっと作品の世界に没入しなければ、真の面白さは味わえない、と。

その点、「恋飛脚大和往来」を「心中しようというカップルもやめたくなるようなものだった」と見て取った泉とのほうが、私と趣味が合うかもしれない。

客席の薄暗がりの中で、視線を感じた。泉だろうか。そっと首をめぐらして辺りを窺う。近くには知っている顔はない。ただ、開演前にテーブルでコーヒーを飲んでいた男性が斜め後ろの席にいた。

背広にネクタイをしめているので、サラリーマンだと思ったけれど、けっこう若そうだ。もしかして、高校を卒業したばかり？　まさか、泉の高校の先輩、心中ゲームをやっている少年、なんていうことはないだろうけれど。

心臓の鼓動がいくぶん速まった。心中ゲームをやっている子と、こんなに簡単に出会えるわけがない。この舞台は三月のはじめから二カ月間延々と続くのだ。少年達がオバサンをひっかけるために毎日観劇に来ているなんていうことはありえないだろう。つまり、彼らのうちの一人と偶然出会える確率はかぎりなく低いと思う。そう自分に言いきかせたけれど、心臓は静まらない。芝居にまるきり集中できなくなってしまった。

やっと幕間になった。ロビーへ出た。喉がひどく渇いていた。喫茶コーナーでコーヒーを買い、テーブルについてゆっくりと飲む。早く泉を捜すべきだろうけれど、むしろ泉に見つけてほしかった。

背後の椅子に、あの若者が座っている。そして、私の後ろ姿を見つめている。それを、痛いほど感じる。そして——

階段を、泉があがってくるのが見えた。なんと、高校の制服を着ている。詰襟が泉の女の子っぽい容姿に不思議な色気を添えている。

コーヒーを買った泉は、ためらわず私のテーブルへ来た。劇場内で接触する手筈にはなっていなかったので、私は面食らった。背後の若者が私に興味を失うのではないかとも案じた。

私はそっぽをむいた。すると泉は、赤の他人のように丁重な態度で聞いた。

「ここ、いいですか」

「どうぞ」と、私も他人行儀に言った。

「僕、ちょっと遅れちゃって、最初から見ていないんです。どんなふうに始まったんですか」

あくまで泉は他人の素振りだ。私もそれにあわせて、これまでの内容を手短に説明してから言った。

「お一人なの。高校生でこういうお芝居を見るのは珍しいような気がするけれど」

「本当は母が見るはずだったんです。でも、風邪をひいて来れなくなっちゃって。前売り券が勿体ないから僕が見ることになったんです」

もし、美佐子がここで心中ゲームの少年に声をかけられたのだとしたら、こんなふうに話が運んだのではないだろうか。ふとそう思った。泉と私は、数週間前に美佐子が体験したことを再現しているのかもしれない。

背中の視線が消えた。と思ったら、件の若者はいつの間にか移動して私の横に立っていた。

「きみの制服は」

と、若者は泉にむかって話しかけた。泉の高校名を口にする。台本でも棒読みするような調子だった。もっとなにか言おうというふうに口もとの筋肉をひくつかせたが、続きを忘れてしまったようにそこで言葉をとめ、泉を見つめた。

若者を間近で見て、再度印象が変わった。高校生ではない。二十歳をいくつかすぎているだろう。髭の剃り跡が青々とした、どちらかというと男っぽさのまさった青年だ。

泉は青年を無視し、私に会釈して立ち上がった。

「ありがとうございました」

場内へむかってすたすた歩いていった。正体不明の青年に興味がないのだろうか。なぜ。追いかけるわけにもいかず、泉の後ろ姿を見送っていると、いきなり腕をつかまれた。びっくりしてふりかえると、例の青年がまるで果たし状でも叩きつけるような真剣な表情で私に迫った。

「あなたとあの子は知り合いですか」

「え、いえ、そうでも」

「悪いことは言いません。あの子とかかわりあいになるのは、やめなさい」

「なぜです」

「あの子は悪魔です」

青年は一度ねめつけるように私を見てから、つかんでいた腕を放し、踵を返した。場内ではなく、エスカレーターへむかって足早に去った。

悪魔？　泉が？　もっと詳しい話を聞かなければ。しかし、そう気がついた時、開演五分前のベルが鳴り響いた。私は席に戻った。どうせ場内で再会できるだろうと高をくっていた。

だが、青年は暗くなっても戻ってこなかった。見渡すかぎり、泉の姿もなかった。芝居の最後の一時間も、私は熱中にはほど遠い状態で観劇していた。

2

とうとうあれ以降、泉の姿を見つけられなかった。あの青年とも二度と会えなかった。なんだか一日を棒にふったような気分で家路についた。

もともと成果がある行動だと思っていたわけではない。結果について泉と今日のうちに話しあおうと取り決めていたわけでもない。それなのに、この落胆はなんだろう。泉と二人でこの道をたどってくることを暗に期待していたのではないか。そう考えついて、慌てて思考を打ち切った。

視線を前方にむけると、むこうから男性が歩いてくるのが見えた。猫背気味のひょろりとした体型で、一目で伸彦だと分かった。

伸彦がなぜこんなところを歩いているのだろう。私のマンションは、もう目と鼻の先だった。芦辺家からはもちろん近いのだが、しかし周辺に店舗があるわけでなし、芦辺家の利用するバス停への通り道ということもない。

私に用があってマンションを訪ねたということは、とうてい考えられない。彼が芦辺家に住むようになってからのこの十二年の間に、我が家を訪れたのは、たった二回きりだった。
すれちがうのにあと五メートルほどといったところで、むこうも私に気がついた。つま先がほんの少し回転しかけたが、いまさら方向転換するのもおかしいと考えたのか、踏みとどまった。

「こんばんは」

しようがなく、挨拶した。仲彦は「アハ」と笑いのような声をたてた。

「広瀬さんも散歩ですか」

私の服装を見れば、散歩などではないと分かりそうなものである。しかし、仲彦が言いかったのは、自分が散歩中だということなのだろう。仲彦は黒っぽいスエットの上下を着て、運動靴をはいている。

「いいえ。ちょっと外出していました。芦辺さんは、お散歩ですか」

「そうです、そうです。あいつが死んでから、家にいると時おりたまらない気分になることがありましてね。よくこうやって目的もなく歩きまわるんです」

「そうなんですか」

仲彦の言葉が本心から出ているのなら、大事な人をなくした者同士として慰めあえるはずだけれど。お互い辛いですね、という言葉は、どうしても私の口から出てこなかった。

「じゃ」

仲彦はすれちがって行ってしまおうとした。

「あ、たまにお邪魔していいですか、お参りに」

「ええ、いいですよ」

仲彦は大きくうなずき、早足で去っていった。

先日、芦辺家を訪ねた時とくらべると、ずいぶん愛想がよかった。なにか心境に変化でもあったのだろうか。

仲彦が我が家に来た二回のうちの最初は、結婚直後のことだった。新婚旅行のお土産を持って、美佐子と二人でやってきたのだ。結婚式や旅行の思い出話に興じる二人の女の傍らで、仲彦は置物のようにおとなしく座っていた。気を使って話しかけると、はにかんだような微笑を浮かべて受け答えしていたのが好ましかった。これなら美佐子の絵に描いたような暖かい家庭が壊されることはないだろうと、安堵したのだ。

仲彦の二度目の訪問は、一昨年の十月ごろだった。夫婦喧嘩で家を出た美佐子を迎えにきたのだ。美佐子の両親が存命のころだったら、喧嘩して家出するのは、必ず仲彦のほうだった。しかし、最近は美佐子のほうが我が家に駆けこんでくることも多かった。「ご両親が亡くなって、図々しくなったんじゃないの」と私が指摘したら、美佐子は「そうなのかしら」

とずいぶんと心もとない表情をしたものだ。

美佐子が家出をするといっても、いつもは半日もすれば帰っていった。しかし、その時は、三泊四日の滞在となった。それで、とうとう伸彦が迎えにきたのだ。

あの時のことは、いまでも鮮明に覚えている。玄関のチャイムがたてつづけに鳴って、仕方なく玄関のドア越しに誰何すると、

「美佐子、いるでしょう」

と、伸彦の嚙みつくような声がした。美佐子が逃げてくる場所といえばここだというのは隠しようもなかったから、私は正直に「ええ」と答えてドアをあけた。美佐子は居間のドアの陰に張りついていた。

「美佐子を返してください」

伸彦は玄関に入るなり、言った。金鎚で叩いたらカーンという音がするんじゃないかというような強ばった顔をしていた。

「返せだなんて。私は美佐子を拉致したわけじゃないですよ。美佐子は自分の意志でここにいるんです。悪いのはおたくじゃないんですか。殴ったとか」

「あれは殴ったんじゃない。頰を撫でようとしたら、ちょっと力が入りすぎただけです」

「ものは言いようですね。それ以前に口論していたのに、頰を撫でようとしたんですか」

「口論といっても、いつもの夫婦喧嘩ですよ。三日も四日も家出しなけりゃならない理由なんてありません」

「あるかないか、ご本人に聞かなきゃ分からないんじゃないですか。現に、美佐子は帰りたがっていないんだし」

「広瀬さんがとめているだけでしょう」

「そんなことはありません」

私達は睨(にら)みあった末、本人に確かめようということになった。ドアの陰にいた美佐子は、おずおずと玄関へ出てきた。そのとたんに、伸彦は美佐子の両手を握りしめて、その手に額をこすりつけた。

「俺が悪かった。きみの気持ちを傷つけるつもりはなかったんだ」

こんなに下手(したて)に出られて許さないほど、美佐子は意固地ではなかった。すぐさま「私こそカッとなってしまって」などと言い、二人仲よく肩を並べて帰っていったのだった。その少し前まで美佐子は「迎えにきたって、絶対に許してあげない」と息巻いていたのだから、見送る私はなにをか言わんやという心境だった。

あの時の喧嘩の原因はなんだったたか。散々美佐子から聞かされたはずなのに、記憶の底から出てこない。当事者じゃないのだから、当然といえば当然だけれど。

思い出に浸りながら、いつの間にかマンションのドアをくぐりぬけていた。ごとごとと不安定な音をたてるエレベーターをおりるのも、そこから我が家まで行くのも、バッグから鍵束を出すのも、まったく無意識にできる動作である。しかし、一個目の錠に鍵をさしこんでまわした瞬間、違和感を覚えた。まるで半分しかかかっていなかったかのような手応えだった。かけそこなったのに気づかずに出かけたのだろうか。

錠が一個しかなければ大問題だけれど、防犯対策上もう一個つけてある。こちらの錠は、いつも通り鍵を九十度まわして、開く手応えがあった。

室内にも変わった様子はなかった。一個目の鍵の違和感は、すぐに脳裏から消えた。すでに十一時になろうとしていた。いつもとちがう疲れが体の底にたゆたっている。さっさと入浴して寝てしまおう。

温かな湯につかっているうちに、美佐子が長期家出した喧嘩の原因が記憶の表面に浮上してきた。

乳ガンだ。

美佐子のガン・ノイローゼは、母親の乳ガン再発とともに始まった。美佐子は自分の遺伝子に母親譲りの変異があるかどうか、しきりに知りたがった。ところが、日本ではあいにくそういう遺伝子診断をやっている医療機関はないようだった。少なくとも、当時の美佐子や私には見つけられなかった。

渡米して遺伝子検査をすることを美佐子が思いついたのは、母親を看取(みと)って一段落したころである。美佐子は検査ばかりでなく、もし変異が発見されたら乳房の切除手術もしてしまおうと決意した。アメリカでは、発病前にそういう手術をする女性がいるということなのだ。真由子がニューヨークにいることも、英語音痴の美佐子の決意を容易にした。

しかし、その決意を伸彦に披瀝(ひれき)したとたんに、猛反対を受けた。これは、伸彦の気持ちが分からないでもない。遺伝子に変異があると、八十パーセントの人が七十五歳までに乳ガンになるというけれど、逆にいえば二十パーセントの人は元気に暮らせるのだ。ガンになる可能性だけで健常な乳房をとってしまいたいなどと妻が言い出したら、たいがいの夫の最初の反応としては「反対」を表明するのではないだろうか。そして、妻と夫は理不尽な言葉の投げあいになり、「あなたは私が死んでもいいと思っているのね」ということになって、美佐子は家を飛び出した——

その後、美佐子の渡米の決意は尻切(しりき)れトンボになった。先日真由子と会った時も、その話題は出なかった。どうも、渡米すると決めたあとに真由子に相談をもちかけたら、そんな病院どうやって調べればいいのよと、逆に聞き返されたらしい。手がかりのなくなった美佐子は、ガン・ノイローゼを抱えたまま暮らすことになった。

そして、そんな生活の中から、なにが起こったのだろう。突然生き生きときれいになって、女は心のもちようでどうにでも……云々とのたまうような精神状態を、美佐子は手に入れた。提供者は進矢なのか、それともまだ影すら見えない誰かなのか。

玄関のチャイムが鳴っている。こんな夜更けに一体誰だろう。美佐子の顔が浮かんだ。伸彦と喧嘩して飛び出してきた。だが、もちろん、そんなことはもうない。

泥棒が留守を確かめるために鳴らしているのかもしれないと思いつき、慌てて湯船から出た。バスタオルを巻きつけて、玄関へ行く。

「どなた」

「僕」

おそろしく弱々しい声が答えた。ドア・スコープを覗くと、黒っぽい、しかし華奢な人影が見えた。泉だ。

「ちょっと待ってね」

急いで寝室へ行き、今朝着ていたスエットとジーパンを身につけて、玄関へ戻った。

「どうしたの、こんな時間に」

そう言いながらドアを開いて、ぎょっとなった。入ってきた泉は片手で顔をおさえていて、その指の間から赤い液体をしたたらせていた。

「なに、それ、血？」

泉は無言で室内にあがった。洗面所へ行き、冷水でじゃぶじゃぶ顔を洗った。私はその様子を戸口の柱によりかかって見ていた。そうしていないと、膝が崩れて尻もちをついてしまいそうだった。

泉はハンドタオルで顔を拭うと、鏡で傷を確かめた。

「バンドエイドかなにかある？」

ひどく冷静な声音だった。

「そんなものでいいの」

「たいしたことはない」

キッチンの食器棚の引出から、箱ごと救急用絆創膏を持ってきて、泉にわたした。その時に傷が見えた。右の額、髪のはえぎわに長さ二、三センチくらいの切り傷があった。しかし、深いものではなさそうで、もう血もとまっている。玄関に入ってきた時の様子では大怪我のように見えたが、かすり傷といってもよさそうだ。

「僕、ちょっとした傷ですごく出血するんだ」

「病気？」

「調べたことはない。でも、簡単にとまるから」

「血管が人より多いのかしら」

「失礼な」

「ん？」

「欠陥よりも長所を見てよ」

澄まして言う。ジョークを言えるくらいなら、さほど深刻な目に遭ったわけではないだろう。

泉は自分で傷跡に絆創膏を張り、それから居間へ入っていった。すっかり馴染んでしまったソファに、手足をだらりと広げて座った。

「なにか冷たい飲み物ちょうだい」

「ミルクしかないんだけど」

「ビールはないの」

「なに言っているの。怪我にアルコールは禁物よ」

「未成年だから飲んじゃ駄目というんじゃないんだね」

泉は共犯者めいた笑みをこぼし、私もそれにお返しした。

「ミルクでいいよ、氷をだぼだぼ入れれば」

望み通りのミルクをわたした。泉は喉を鳴らして一気飲みした。

「そんなことをすると、体に悪いわよ」

「牛になる?」

「それはないと思う、お腹をこわすだけ」

「つまんない」

ころんとソファに横たわった。洗顔の時に濡れた髪の毛から雫が流れて、目尻から鼻にかけて、涙のように伝わった。すると、ガラス細工のような脆さが泉の全身に滲みでてきた。

私はなぜか郷愁に似た甘ったるい切なさを感じた。

「どうして怪我をしたの」

「カッターナイフを避けそこなった」

「カッターナイフ?」

「麻子って、ストーカーされている?」

「え、なんで。そんなことありっこないわ」

「でも、マンションの下に立って、麻子の部屋を見上げている男がいたよ。それで、僕が不審に思って声をかけたら、急に逃げ出そうとするものだから、肩をつかんで行かせまいとしたんだ。そうしたら、カッターナイフを出してきて、これ」

泉は額の絆創膏を指差した。

「なんでそんな危ない真似をするのよ」

「危ない真似だなんて思わなかったよ。まさか凶器を持っているなんて思わなかった」

「どんな人だったの。もしかして、劇場で声をかけてきた青年？」

あの青年が私を尾けてきた可能性はないだろうか。私が口的というよりも、泉の所在をつきとめるための尾行。

「劇場のロビーで横に立った奴？」

「そうよ。わりと男っぽい。あなたのことを悪魔だと言っていたわよ」

泉は驚いたように体を起こした。

「思い当たることはないの」

「ないよ、全然。変な奴」

ちょっと考えてから、

「もしかして、心中ゲームの被害者の関係者かな。心中ゲームの一員とまちがわれたのかもしれない」

「私もそれは考えたわ。あなたの制服を気にしていたものね」

「うん。あいつと名刺の交換をした？」

「なんだ。あいつは今日、あそこで唯一の収穫だったんだよ。それなのに、連絡先も聞かないなんて」

「あら。泉こそ、話しかけられて知らんふりをしていたくせに」

「もしかしたら、あいつが心中ゲームの一員で、麻子をナンパしようとしているのかと思ったんだもの」

「そりゃ、私もそう思ったけれどね」

「でも、いまの話だと、ちょっとちがうみたいだね」

「それなのに、なんで私をあんなに見つめていたのかしら」

泉はやや下品ににやりと笑った。

「あいつ、純粋に麻子に近づきたかったのかも。知っている？　麻子って、ああいうところに行くと目立つんだよ」

「私が？　どんなふうに」

「ほかのオバサンと一味ちがっているじゃない。かわいい顔をしているのに、媚びていなくて、一種近寄りがたい厳めしさがある」

どうも、誉められたようには思えない。

「そういう女をナンパする男なんていないんじゃない」

「数は少ないけど、いるよ。少なくとも、僕ならやってみてもいいよ」

「母親と同じ年齢の相手になにを言っているのよ」

と言ったものの、身内が火照(ほて)った。

「麻子、カレシはいないの」

「いないわよ、そんなもの」

「そんなもの扱いはないんじゃない、男嫌いならべつだけど」

「泉こそ、恋人はいないの」

「恋人だって」

泉は笑いとばした。私は馬鹿にされた気分になり、おかげで身内の火照りが消えた。

「さっきの話に戻るけど、あなたを襲ったのはどんな人だったの」

「わりと体格のいいオジサンだったよ。顔はよく見えなかったけど」

体格がいいとなると、リストからはずせる中年が一人いる。伸彦だ。彼は背は高いけれど、体格がいいと表現されるタイプではない。もっとも、伸彦ははじめから容疑の圏外だ。彼が私のストーカーになるはずはないのだから。

「オジサンの世代にはいろいろ知り合いもいるけれど、それだけじゃ分からないな。どちらにしろ、私をストークしている男なんかいないわよ。ほかの階を見上げていたんじゃないの」

「そう？　じゃあ、僕は麻子のために戦ったっていうわけじゃないんだ」

　つまらなそうに言って、泉は長い足をひらりと動かして立ち上がった。掃き出し窓をあけてバルコニーへ出ていく。

　私も続いた。少し冷たい風が吹いていたけれど、心地よかった。

　オジサンの偵察のためにバルコニーに出たのかと思ったが、泉はぼんやりとあらぬ方を眺めていた。その横顔が、女とも男ともつかなくて、いくら見ていても見飽きそうになかった。

　意志の力で泉から視線をひきはがし、下界を見下ろした。街灯やこのマンションから漏れ出る明かりのために、夜の真の闇（やみ）というものからほど遠い風景だ。通りにはいま現在、誰もいなかった。

「この下で眺めていたの？」

「うん、そう」

「こんなところで眺めていたって、なにも見えないでしょうに」

「でも、明かりがついたとか消えたとかで、外出したとか帰宅したとか寝たとかって、分かるだろう」

「たったそれだけのことを知りたくて立ちつくしている人がいるかと思うと、薄気味が悪いわね」

泉は私を一瞥した。冷笑のようなものが唇を走ったようだった。

「ロミオにはなれないね、麻子は」

「ロミオは美佐子の役どころですもの」

「じゃ、ジュリエットなの、麻子は」

「窓辺に立つロミオを気味悪がる女がジュリエットになれるかしら」

あくびが出た。さっさと入浴して寝ようと考えていたことを思い出した。

「眠いわ」

「お先にどうぞ。僕、一晩じゅう起きていても平気だから」

「泊まっていく気？」

「電車、もうないもの」

確信犯だ。

泉を残して室内に戻った。過換気症候群にでも陥りそうだ。いや、いっそのことそうなって、病院にかつぎこまれたほうがいい。そうすれば、十六歳の少年とひとつ屋根の下で寝るのを回避できる。だが、そこまでひどい息苦しさはない。病院に逃げこむことは無理だ。

落ち着こう。相手は、私と同じ年齢の母親をもっているのだ。だから、そういうつもりで接していればいい。

美佐子はどうだっただろう。進矢と二人きりの夜をすごしたことはあるのだろうか。すごしたとしても、私のようには動揺しなかっただろう。美佐子は私よりは男性経験が豊富だった。少年のあしらい方も心得たものだったにちがいない。ああ、私はやっぱり美佐子には追いつけない。

苦し紛れに仕事机へ近寄り、帰ってきてからはじめてパソコンの電源を入れた。メールをチェックしようとして、目を疑った。

メールの受信欄の順序が変わっている。上から新しい順に並ぶように設定してあったのに、古いメールが上に来ている。

誰かが触った?

少年とひとつ屋根の下で寝ることなど、頭から吹き飛んだ。

この部屋に何者かが侵入した?

「どうしたの、麻子」

耳もとで声がして、飛び上がった。いつの間にか泉がバルコニーから戻ってきて、すぐそばに立っていた。

「パソコンがおかしいの。誰かが家に侵入したかもしれない」

「誰かって、窓の外にいた男？」

「分からないわよ、その男が何者かも知らないのに」

「鍵は？　帰ってきた時、ちゃんとかかっていた？」

そういえば、一つ目の鍵をあける時、手応えがおかしかったのだ。

「でも、二つ目の鍵はちゃんとかかっていたのよ。だから、一つ目の鍵がかかっていなくとも、問題はなかったはずだわ」

「もちろん、掃き出し窓の鍵もかかっていたよね。僕、バルコニーへ出る時にクレセント錠をはずしてあけたもの。ほかに窓はある？　寝室には？」

「いいえ。この窓ひとつきりよ」

泉は顎に手を当てて、しばらく考えこんでいた。

「この家の鍵を持っている人は、ほかにいないの」

「美佐子が」

言いかけて、私は息を飲んだ。なんてことだろう。なにかの時のために、美佐子にこの家の鍵をわたしていた。それを伸彦から返してもらうのをすっかり忘れていた。

そういえば、帰宅の途中に伸彦とばったり出会った。あれは単なる偶然ではなかったのか。

「じゃあ、伸彦が入ったんだ」

泉は決めつけた。

「でも、なんのために」

「メールを覗くためだろ。パスワードでガードしていなかったの」

「だって、一人暮らしだから、必要がないと思って。よりによってどうして伸彦が」

伸彦は私にたいして完全に無関心なはずだった。私のプライバシーなど覗いてくれと言っても覗かないだろうと思っていた。そんなふうだったから、鍵を返してもらうのを失念していたのだ。

「美佐子のメールが読みたかったんじゃないの、あるいは美佐子宛ての麻子のメール」

まあ、そうなんだろうけれど、しかし、それでも、なんのために？

「伸彦は、自分の手もとにある美佐子のメールを見られない状態なんじゃないの」

「うん。それはそうだと思うけれど」

そもそも、私が調べた時、美佐子のパソコンにはほとんどメールが残っていなかった。

「でも、私達のメールになにが書いてあると思っているのかしら」

「美佐子の男の名前、とか」

「そういう打ち明け話をしてくれていたら、こんな苦労はしていないわ」

「そんなこと、伸彦は知らないんじゃないの。あ、それとも、伸彦が美佐子を殺したのだとしたら、そういうことが分かるようなメールを美佐子がよこしていたんじゃないかと心配しているのかもしれない」

それが最もありそうなことだった。現実には美佐子からのメールは他愛もないものばかりだったけれど。

不意に、伸彦がこの家に侵入したということが実感を帯びた。部屋じゅう掃除してまわりたくなった。

「なんだかわけが分からなくて嫌なことばかり」

「そりゃあ、仕方がないよ」と、泉は明快に言ってのけた。「殺人事件を追っているのだとしたら、身の危険も覚悟しなきゃ」

慄然（りつぜん）とする私に、泉は笑いかけた。それはおそろしく慈悲に満ちていて、まるで間もなく死ぬと決まっている病人に送る微笑のようだった。

3

ベッドに入ったものの、容易に眠れなかった。次々と思考が押しよせてきて、睡魔を追い払う。

美佐子の死は事故死ではない。これは確定したように思える。だが、それにかかわっているのが誰なのか、伸彦なのか、進矢なのか、進矢の高校の生徒なのか、さっぱり見えてこない。

それに、泉の額を傷つけた男がいる。私とは無関係の可能性が高いけれど、一応考慮しておいたほうがいいかもしれない。

また、日生劇場で泉を悪魔よばわりした青年のことも気がかりだ。彼はなにか知っているのだろうか。どうしてあれ以後劇場から姿を消したのだろう。あの時もっと話をしなかったのが悔やまれる。

そういった思考の合間に、伸彦がこの家に入って私のパソコンをいじったのだという事実がくりかえしたち現れ、頭のふちを燃えるように熱くした。

もちろん、パソコンは主に仕事に使用しているだけだ。メールにしても、秘密にしなければならないものはとくに入っていない。ましてや、美佐子にかんする秘密などはなにもない。それでも、あの男に私物を勝手にいじられたかと思うと、怒りで体じゅう真っ黒になりそうだった。

もしかしたら、私の名前でなにか買い物をしたかもしれない、私がいない間に来た仕事を依頼するメールを消去してしまったかもしれない、そういったことまで考えた。伸彦がなんでそんなことをしなければならないか分からないけれど、それを言うなら家宅侵入だってなんでそんなことをしなければならないのか不明なのだから、どんなにありそうもないことでも頭から否定できない。

朝になったら、真っ先に錠前屋を呼んで、新しい錠を作らなければ。

仲彦から鍵を回収しようとは思わない。複製してもう一組持っていそうだからだ。そんなことはしていないかもしれないけれど、しているんじゃないかと思えて、とても安心して家をあけられない。

「殺人事件を追っているのだとしたら、身の危険も覚悟しなきゃ」泉の言葉が耳に蘇る。

仲彦が私の命を狙っているということはあるだろうか。私が美佐子の死を怪しんでいる、そして仲彦を犯人だと疑っている、それに気づいていれば、そういうこともあるかもしれない。そして、もちろん、仲彦は気づいているだろう。だって、私は先日の訪問で美佐子の部屋を捜しまわったのだから。仲彦はそ知らぬふうをしていたけれど、なにもかも承知していたにちがいない。

はじめて美佐子に仲彦を紹介された時、こんなことになるなんて夢にも考えなかった。仲彦は国立大学に入る勉強のために悪くなった（かどうか知らないが、少なくともそう見える）目におじさんじみた眼鏡をかけ、猫背気味のせいで身長が実際よりも低く見える、地味な青年として私の前に登場した。

美佐子はそういう青年と、父方の従兄(いとこ)の結婚式で知り合ったのだった。従兄の大学の友人だった彼は、式が終わると図々しくも美佐子にデートを申し込んだそうだ。美佐子がなぜそれを受けたのか、何度も尋ねたけれど、これといった説明は聞けなかった。

「まさかあの人と結婚するんじゃないでしょうね」

伸彦に紹介された直後、私は信じられない思いで美佐子に尋ねた。美佐子の返事は簡潔だった。

「するわ」

「あなたなら、もっといい人がいくらでもいるでしょうに」

「いないわよ」と、美佐子は少し苛立(いらだ)たしげに言い返した。「子供をつくらない、親と同居する、都庁では一応出世コースに乗っている。あなたなら、これ以上いい条件の人を連れてこれるとでもいうの」

条件的にはそうだけれど、美佐子と伸彦が並んだ時、理想的なカップルにはとても見えなかった。それに、なによりも大きな問題があった。

「彼を愛しているの？」

愛情がなければ、美佐子の素晴らしい家庭はいずれ崩壊の危機に瀕(ひん)するだろうと思った。

なにも私に霊能力があるわけではなく、自分の両親と美佐子の両親を比較すれば、それは自明の理だった。

しかし、美佐子は強い瞳で私を押しかえした。そのころの私は、美佐子にそういう目をされると、もうなにも言えなくなった。やめなさいよとは言えなかったのだ。

新婚旅行の直後に会った伸彦が人畜無害そうに映ったので、案外これで正解だったのかと、納得もしたのだけれど。しかし、結果はこれだ。

もちろん、伸彦が犯人とはかぎらない。美佐子の正体不明の恋人、心中ゲームの若者という可能性が残っている。しかし、我が家に侵入し、パソコンを荒らしたのは、紛れもなく伸彦なのだ。伸彦の容疑は一段と濃くなったと思う。

白っぽい頭の中に、ばさっという音がつき刺さった。隣の部屋からだった。美佐子？　泊まりにきていたっけ？

それから目が覚めた。美佐子は死んだのだ。泊まりにくることはできない。

しかし、美佐子が死んだのだと認める時にいつも感じる、心が空洞になったようなやりきれなさは生じなかった。隣室には美佐子ではないけれど、ほかのものがいた。それを思い出した。

ガウンがわりの紺のカーディガンを羽織り、足音を忍ばせて居間へ行った。居間の電灯は皓々とともっていたけれど、窓のカーテンから光がさしこんでいた。壁の掛け時計はすでに八時をまわっている。寝つけないと思いながら、けっこう眠ったらしい。

ソファで、泉がうたた寝していた。

一晩じゅう起きていると宣言していたが、とりあえずソファの背を倒してベッドにし、毛布をわたしておいた。そこで泉は本を読んでいた。私のマンガ・コレクションから選びだした、萩尾望都の「残酷な神が支配する」である。私がおとなになってからも読みつづけた唯一の少女マンガで、単行本で十七巻もある。それが、眠りに入った泉の手が当たるかなにかして床に崩れ落ち、ばさっという音をたてたらしい。

静かな寝顔だった。髭は一本も見当たらず、血が透けて見えるのではないかと思えるほど透明感のある白い肌をしている。クッションの焦げ茶の縁飾りが頬から顎の辺りにかかって、まるで長い髪をしているように見える。

少年というよりも、美しい少女、たとえばあの毒リンゴを食べてしまったお姫さまのようだ。絆創膏を張った額の辺りにかすかな憂愁が漂っているのも、継母によって不本意な死をこうむったお姫さまを髣髴とさせる。

本当に眠っているのかしら、死んでいるのではなく。

確かめようと顔を近づけると、泉の息がかかった。そして、驚いた。体内の汚いものを一杯くっつけて吐き出されるはずの呼気が、空気清浄機をとおったようにさらさらと清い。若いから、それとも泉の特性？

顔を近づけすぎて、香しい唇に唇が触れた。お姫さまは目覚めない。

さらに香気を貪ろうとして、正気に返った。私ったら、なにをしようとしていたの。私が男で泉が本物の女の子だったら、非難ごうごうものの行為だ。

慌てて身を起こし、寝室へ戻った。カーディガンとともに、色気もなにもないだぼだぼのパジャマを脱ぎ捨てた。もう喪服を模した地味な色合いの服はやめよう。黄色や緑の小さな花模様を散らしたブラウスと白いコットンパンツを選んで着た。

洗面所へ行き、洗面台の前にある鏡をできるだけ見ないようにして、歯を磨き、顔を洗った。泉の唇の感覚が残っているのに洗い流すの、と不服を申し立てる自分を強引にねじ伏せた。

化粧を始めると、どうしても鏡を見ないわけにはいかない。そこにあるのは、あと半年もすれば四十になる、どう贔屓目に見ても決して若いとはいえない女の顔だ。

眉毛をもっと細くしてみようか、ファンデーションの色を変えてみようか、髪をもう少し短くしてみようか。そうしたところで若さが戻ってくるわけではないと知りながら、考えずにいられない。

「僕なら（麻子をナンパして）やってみてもいいよ」と泉は言ったけれど、あんなのはお世辞に決まっている。街を歩いていて、もう一年か二年か三年くらい、行きずりの男性から声をかけられなくなっているのだから。

泉の母親なら、と、不意に見知らぬ人をまざまざと想像した。泉の母親なら泉の息に触れたからといって、こんな気分にはならないだろう。なるほうがおかしい。彼女は、朝帰りの不健康な肌を泉の目にさらすのも平気だろうし、寝起きの乱れた姿で泉の前を横切ることも日常的にしているだろう。

私は息子をもっていないから、息子だけではなく、どんな子供もいないのだから、もとうと思ったことさえないのだから、これからもつ気もないのだから、そして泉は女の子のような容貌だけれど、結局は男の子なのだから……。

脳貧血みたいなものを感じて、洗面台のふちに強くつかまった。

美佐子と進矢の関係を思いやった。美佐子は私同様子供をもっていなかった。もつことを拒否していた。その美佐子は、進矢を息子のようにかわいいと思っていたのだろうか。母親のような感情で接していられたのだろうか。

はじめはおぼろだったものが、徐々に形を整えてくる。

母親だったわけがない。いくら母親の年齢だからといって、母親になんかなれない。美佐子は進矢を産んでいない。突然出現した若い男を前にして、いくら母親のように振る舞ったとしても、擬態でしかなかったはずだ。進矢の目に不健康な肌をさらすことも、進矢の前を寝起きの乱れた姿で横切ることもできなかったのは、想像するまでもない。そしてそれが、亡くなる直前に美佐子が若く生き生きと輝きだした理由だったのだ。

美佐子は進矢に恋をしていたのだろうか。若い男が月に一、二度家にいるというそれだけで、輝くには充分だったかもしれない。けれど、美佐子は恋をしてしまったのだと思う。

美佐子はフェロモンの塊だったと評した進矢の目も、美佐子をとてもいいお母さんだったととらえた泉の知覚も、まちがってはいなかった。美佐子は人前では進矢への想いを完璧なまでに隠しとおしていただろう。しかし、進矢一人の前では、隠しても隠しても想いはこぼれたにちがいない。いや、隠さなかった可能性だってある。

進矢は美佐子の想いを受け入れたのだろうか。

拒否されたのなら、美佐子はあんなに生き生きとはしていなかったと思う。

では、そこからなにが起こったのだろう。二人の関係は仲彦の知るところとなったのだろうか。

妻と甥が恋愛関係に陥ったら、どんなに愚鈍であっても男としてやりきれない気分になるだろうというのは、まあ、分かる。しかし、そこで伸彦が美佐子を罰しようとしたのか、それともちょっとした遊びのつもりが騒動になって嫌気のさした進矢が飽きたおもちゃを捨てるように美佐子から命を奪ったのか。どちらなのかはまだ見えない。美佐子の葬儀でちっとも悲しそうでなかった進矢なら、平然と惨いことができるようにも思えるし、私の部屋を探っていった以上、伸彦が犯人であるのはゆるがない事実にも思える。

新しい思考が広がった。あるいは、伸彦と進矢の共犯ということも考えられる。進矢が美佐子を殺した。そこへ、伸彦が帰宅した。伸彦は驚愕したが、血のつながった甥の犯罪である。おまけに、その理由は彼にとっては少しく外聞が悪い。それで、伸彦は犯罪の痕跡を消した。和室に炭火をおこして、一酸化炭素中毒死を装った。

いや、装ったのではなく、はじめから一酸化炭素中毒でなければ辻褄が合わない。美佐子は行政解剖に付されたのだから、一酸化炭素中毒かその他の死因かくらいは簡単に見破られるだろう。高校生が恋人を殺すのに炭を使うというのは、私の年代だと不自然に思えるけれど、若者には案外馴染み深い方法なのかもしれない。インターネット集団自殺事件でよく練炭が使われるようだから。

二人が共犯だとなると、いったい伸彦は私のパソコンからなにを得ようとしたのか。なにもないと思うけれど、もう一度調べ直してみようか。美佐子のメールのどこかに今度の事件につながるような言葉の切れ端が見つかるかもしれない。

やることを発見すると、私は大手をふって居間へ、泉の眠る場所へ入っていくことができた。

泉は相変わらず眠っている。起こさないように気を使ったが、しかし多少大きな音がしても覚めないような深さで夢の世界におりていっているようだった。

ソファの前は素早く通りすぎ、机へ行ってパソコンを起ち上げる。メール・ソフトを起動させ、美佐子用のファイルを開く。

あれ？　と思った。一番上の件名が無題になっていた。ゆうべチェックした時はいっとう古いメール『無事着いた？』が上にあった。受信トレイ同様、伸彦がいじったらしい。それで、いつものように最新のものが最上に来るように直しておいた。つまり『さっきはごめん』だ。確認はしなかったけれど、順番を変更する操作をしたのだからまちがいはない。美佐子はたまにタイトルに困って無題のメールをよこしていたけれど、それが真上に来ているわけはないのだ。

そう思ってよく見ようとした瞬間、視線が固まった。無題のメールが差し出された日付は、三月十五日だ。去年でもなく、一昨年でもなく、今年の三月十五日だ。『さっきはごめん』のメールと同日で、なおかつその六時間あまりのちに出されたことになっている。

美佐子の最後のメール？　そんなわけはない。美佐子の最後のメールは『さっきはごめん』だった。それ以外のどんなメールも見た記憶はない。

自分の心臓の鼓動が恐ろしいほど耳に響いた。ダブルクリックすれば一瞬のうちに開いてしまうメールを、封筒をペーパーナイフで切り裂いて便箋（びんせん）をとりだすだけの時間をかけて、開く。

『私に死ねと』

そうあった。液晶画面を、目が痛くなるほど見つめた。

『私に死ねと』

どんなに見つめても、そうとしか書かれていなかった。

私は時間が停止したようにパソコンの前にいた。やがて泉が目覚めた。泉は二十四時間も眠ったあとのようなさっぱりした表情で私のそばへやってきた。

「おはよう、麻子。いつから起きていたの」

「一時間ばかり前」

「恐（こわ）い顔だね。仕事？」

「私、恐い顔をしている？」

「うん」

「はじめて目にする美佐子からのメールなの」

と、画面を示した。泉は口をへの字に結んで、差出人や日時、内容を読んだ。

「その日時、美佐子が亡くなる直前のものよ」

と言うと、泉は眉（まゆ）を吊りあげた。

「本当に美佐子が出したものなの」

私はメール・アドレスを指さした。ｍｉｓａ-ａｓ＠……となっている。

「棺（ひつぎ）に入れた美佐子の携帯から発信されているの。だから、美佐子が出したんだと思うわ」

泉はいっそう困惑したようだった。

「だけど、なにが言いたかったんだろう。紙に手書きされた文字とちがって、感情が読みとれないからなあ」

「『私に死ねと』の下にはどんな言葉が続くと思う？」

「『言う』、かな」

「泉もそう思うのね」

私は唇を噛んだ。

「美佐子は誰かに『死ね』と言われたのかしら。だから、美佐子は死んだのかしら。美佐子の死は自殺だったのかしら」

「そういうの、自殺っていわないだろう」

「ええ、もちろんよ。誰かに自殺を要求されたのなら、その人物が直接手を下さなかったとしても、それは紛れもなく殺人だわ」

　これを書いた時の美佐子の状況を想像して、背筋が凍る。美佐子は私の知らない、あるいは知っている人物から、「死ねよ。これなら眠るように楽に死ねるぜ」そのような言葉とともに炭をわたされた。そう言われたからといって、美佐子が死にたかったわけはない。けれど、相手は容赦なかった。「自分で死なないのなら、もっと苦しんで死ぬことになる」と脅かした。それで、やむなく美佐子は自らの命を絶つために炭をおこし、蒲団(ふとん)に入った。だが、諦(あきら)めきれなくて、もしや助けにきてくれるかもしれないと思い、私宛てにメールを送った。

　嗚咽(おえつ)が漏れ出てきそうになって、両手で唇をおおった。

「私のせいだわ」

「え、なんで麻子のせいなの」

「あの日、私は仕事に熱中していて、ネットにつながっていなかったの。だから、美佐子の最後の叫びをとらえそこなったんだわ。私がもっと美佐子の日頃の様子に気を配っていれば、こんなことにならなかったのに！　せめて、仕事中でもメールをちょくちょくチェックしていれば、間に合ったかもしれないのに！」

「だけど、どうして麻子はいまのいままでこのメールに気づかなかったんだろう」

泉の落ち着いた声が、パニック寸前の私を掬いあげた。私は両眼からあふれかかっていた涙を指先でおさえた。

「なんらかの理由で到着が大幅に遅れたのかもしれない」

「いまどきメールの遅配なんて、ほとんどありえないよ」

「じゃあ、到着していたことにまったく気づかないでいただけなのかもしれない、それもまりありそうもないことだけれど」

「美佐子からメールが来ると、即美佐子のファイルに入るように設定していたの」

「ううん。ほかのメールと一緒にいったん受信トレイに入って、それから私が仕分けしていたわ」

「十五日は何通くらいメールが来たの」

私は受信トレイを調べた。全然読んでいないメール・マガジンも含めて、十通ばかりあった。

「すると、ポインターが偶然このメールにとまって、開封されたことになっちゃったのか。それで、新規のものと思わず、麻子が中を見ることはなかった。あるいは、名前が入っていないから、アドレスを見まちがえて、ジャンク・メールとして処理した可能性もある」

「このアドレス、当時は知らなかったの。だから、確かにジャンク・メールだと思ったかもしれないわ。だけど、そういうのはすぐにごみ箱へ捨てるのよ。どうして美佐子の専用ファイルに入っていたのかしら」

「侵入者の仕業だろう」

泉はこともなく言った。たちまち私の頭に血がのぼった。

「伸彦が我が家に侵入したのは、このメールのためなの?」

「だと思うな」

「美佐子に死ねと言ったのは、伸彦なんだわ」

怪しい怪しいと思っていたけれど、これで決定的になった。あの男が美佐子を殺したのだ。人畜無害で美佐子の夫には手頃だと見なしていた、あの男が。十二年前に帰れるものなら帰って、美佐子の結婚を阻止してやりたい。

「でも、なんだって伸彦は、証拠品を消去せずに、逆に麻子が気づくような場所にメールを移したんだろう」

泉の訝しげなつぶやきが、私の怒りを冷ました。なるほど、泉の言う通りだ。どうしてこう、次から次と新しい疑問が湧いてくるのだろう。

「捨てようとして、移動先をまちがえたとか？」

「そんな初歩的なミスをおかすほど、仲彦はパソコンに不慣れなの」

「美佐子よりは慣れていたはずよ。美佐子にパソコンの手ほどきをしたんだから」

「じゃあ、ありえないな。仲彦はなにを企んでいるんだろう」

「まるで、私にこのメールの存在に気づけと言おうとしたみたい」

泉は頬に手を当てて、考えこむふうだ。お姫さまのような表情で眠っていたくせに、いまはいっぱしの探偵のような知慮を額の辺りに浮かべている。

私はもうなにも考えたくなかった。泉の額にすべての謎をゆだねてしまいたい。

「お腹すいたでしょう。朝ご飯にしましょうね」

そう言って、流し台へ逃避した。

4

フレンチ・トーストとハム・エッグ、野菜サラダという少し手のこんだ朝食をとってから、鍵屋に電話した。幸い、すぐに来てもらうことができた。二個の錠ともピッキングされにくいというものにつけ替えた。これでもう仲彦の侵入を受ける心配はなくなった。

錠のつけ替えが終わり、鍵屋が私の手に一個の錠につきそれぞれ三本ずつの鍵を残して去った時には午後二時をすぎていた。その時になって、私は四時に仕事で人と会う約束をしていたのを思い出した。

「私、出かけなきゃ」

鍵屋の仕事をずっと興味深げに眺めていた泉は、いまはソファにいて、「残酷な神が支配する」の第十四巻を読もうとしていた。

「どこへ行くの。デート？」

「まさか。仕事よ」

「ふーん」

泉は本を閉じた。

「僕もちょっと家に用がある」

まるでちょっと家にある用を足したら、こちらに戻ってきそうな調子だ。

二人で一緒に家を出た。新しい鍵をかける時、泉は私の手もとをじっと見ていた。

「美佐子がいなくなったわけだし」と、泉は言った。「なにかあった時にスペア・キーを持っている人がいなくてもいいの」

「そうね。母親にでも送っておく」

「お母さん、どこに住んでいるの」

「仙台」

「遠いじゃないか。僕、一本預かってもいいよ」

私は笑い声をたてた。言うだろうと思っていた。しかし、いくらなんでもスペア・キーを預けるなんてできない。なんとも返事をしないでいると、泉は鍵のまわりをうろつきながらも少し方向をそらせた。

「麻子は美佐子の鍵は預かっていなかったの」

「ええ」

残念ながら、という言葉は胸に飲み込む。預かっていたら、思うさま家捜しができたのに、伸彦が我が家にしたように。

「どうして。不公平じゃない」

「だって、むこうは家族がいるから、なにかあっても、私の助力をいっとう最初に求めるということにはならないでしょう」

「そういう人のそばにいて、嫉妬とかってなかった？」

「嫉妬って、伸彦にたいして？」

「いや、美佐子に」

耳もとで爆竹がはぜたように、頭が空白になった。

私と泉は駅へむかって歩きだしていた。私一人ならば自転車に乗るのだが、連れがいるとバスに乗るか歩くかしかない。道連れが若者だから、歩くほうを選んだ。そうやって駅へむかいながら、私達はしゃべっていた。真剣に語りあわなければならないようなテーマには不向きな状況だ。

泉は、状況なんててんで考慮しない。追い討ちをかける。

「美佐子にはずっと暖かい家庭があったんだろう。それで、麻子のほうは、父親は外国の女と再婚するわ、母親は麻子を置き去りにして実家に帰っちゃうわで、まあ、不幸な少女だったわけだろう。幸せな同級生を見ていて、嫉妬しないほうがおかしいと思うんだ」

「そんなことはないわ」

なにから説明しようか迷いながら、言った。

「母親は私を置き去りにしたわけじゃないわ。私が母親と仙台に行くのを拒否したのよ。二十歳にもなって、甘ったれで泣き虫でそのくせ親の権威をふりかざす母親について母親の親族のまっただ中に入りたいとは思わないでしょう、泉だって」

「母親が嫌いなんだね」

母が怒ってばかりいるから父が家に帰らなくなったのだと思っていた時期もあった。しかしいまは、浮気ばかりする父のせいで母の性格が悪くなったのかもしれないと思う。鶏と卵とどっちが先かというようなものとも考えられる。いずれにしろ、子供にとってはいい迷惑だ。

「親というのは厄介なしろものよ」

「握手しよう」

と、泉は歩きながら手を差し出した。

「なに」

「意見が一致したから。こんな年の離れた人と意見が一致するとは思わなかった」

「どうもあなたは、上の世代が自分達と同じ年齢を通過したのだということを信じていないみたいね」

言いながら、私は泉の手を握った。軽い握手で終えようと思ったのに。泉は強く握りかえした。背中を撫でてくれた手は美佐子に似ていたけれど、こうやって触れてみると、そんなに女性的ではなかった。骨っぽく、なにより冷たい。無断で唇にキスしたことが胸ににじんじんと滲みた。

泉は私の手を握ったまま、放そうとしなかった。それで、私達は手をつないで歩いている格好になった。

すれちがう人が見たら、なんて思うだろう。泉は女の子めいた顔をしているけれど、詰襟の学生服を着ているから、女の子には見えようがない。息子と手をつないでいる母親、とは思われたくない。一番ありそうなのは、年の離れた弟と姉。でも、姉弟で手をつなぐなんてことはあるかしら、こんなに大きくなってから。もっとも、母親と息子でも、あまりこういうことはしないように思えるけれど。

母親と娘なら、高校生になっても手をつなぐことはあるだろう。私は見たことがある。美佐子とその母親が歩いているのを見かけて、声をかけようとして思いとどまった。二人が手をつないでいることに気がついたからだ。美佐子は母親より頭ひとつ分も背が高かったのだが、その美佐子が母親に体をくっつけるようにして指と指をからめあっていた。美佐子のほうが母親にしきりに話しかけていたのは、なにかおねだりでもしていたのか。あまりにも幸福そうな後ろ姿で、声をかけて壊すことなどできなかった。

「じゃあ、麻子が美佐子のことを嫉妬する理由はなかったわけだ」

泉は、そこへ戻った。今度は思考力を失うこともなく、よく心のうちを浚って答えることができた。

「ええ、もちろん。私は美佐子の家庭の暖かさのおこぼれにあずかることができて、いい友達をもったと思っていたわよ」

「美佐子の両親は、麻子を娘のようにかわいがってくれた？」

「それはない」

「じゃ、麻子としては寂しかっただろうね」

「ううん。美佐子の親は美佐子の親であって、私の親じゃないんだもの。私をかわいがってくれる必要はないの」

強がり言ってら、という言葉が泉の顔をよぎった。

強がりじゃない。私は、仲睦まじい家族をそばで見ていられれば、それで満足だった。その一員になりたいなんてつゆほども思わなかった。しかし、泉に私の心情を理解できるとも思えないので、分かりやすいほうに話をもっていくことにした。

「この数年、美佐子は誰かに嫉妬されなければならないほど幸せではなかったしね」

「伸彦と仲が悪くなったから？」

「ううん。伸彦とは、結婚してからずっと同じ可もなく不可もなくって感じだったけれど、両親がガンで次々に亡くなってね。美佐子は自分もガンで早死にすると恐れていたわ」

「かわいそうだった？」

「とてもかわいそうだったわ」

「麻子の両親が揉めていたころ、美佐子も麻子をかわいそうがっていたんだろうね」

　私は強く手をひいて、やっと泉の指から離れることができた。

「あの人はもともと面倒見のいい性格だったから、とても心配してくれたわ。私、中学入学の年にイギリスから帰ってからずっと日本の社会に馴染めなくてね。中学では散々いじめを受けたし」

「麻子がいじめられた？　なんで」

　泉が吹き出しそうな顔をしたので、私はいくぶん気を悪くした。

「私だって昔からこんな恐いオバサンじゃなかったのよ。とても気の弱い可憐な女の子だったんだから」

「だろうね。で、いじめの理由は？」

「英語の教師がね、私の英語の発音を揶揄したの。私は当然イギリス英語の発音だったけれど、その中学はアメリカ英語だったから。それをきっかけに、同級生達がみんな私をシカトするようになったの」

　ひどい教師だ、とかなんとかいうコメントがあるかと思ったけれど、泉が口にしたのはちがった。

「なら、高校でもいじめられた？　高校もアメリカ英語だろう。そうか。美佐子はもしかしたら、窮地を救う王子さまとして麻子の前に現れたんだ」

私は苦笑した。

「いい線いっているわ。もっとも、高校ではいじめられていたわけじゃないの。隅っこで人目につかないようにしていたから。英語のリーディングの時なんか、当てられないように教科書で顔を隠していたのよ」

泉はヒュッと口笛を吹いた。

「美佐子はそんな私に声をかけて、仲間にひき入れてくれたの。彼女は演劇部のスターで人気があったから、おかげで私も徐々に学校生活が楽しめるようになったわ。普通の高校生になれたってわけ」

「なんで美佐子は、麻子を仲間にひき入れたんだろう」

よく次から次と考えつく子だ。もっとも、その疑念は当時私ももったことがある。

真由子はゴーイング・マイウエイで、女王さまを大切にする子ではなかった。冬美は美佐子に一目置いていたけれど、もてるという点ではなにしろ美佐子の上をいっていた。ほかの女の子達は、どこかしら美佐子の永続的な友人になれそうもなかった。侍女役になれるのは私ぐらいしかいなかったから、私に声をかけたのかもしれない、とも思う。美佐子は、私が美佐子にむける密かな羨望の眼差しに気づいていたのだろう。

「お互い魅かれあっていたからでしょう」と、私は言った。

泉は私の戯れ言を無視して、

「ま、美佐子はボランティア精神を発揮したのかもね」

と最悪に近い理由をひねりだし、それからとんでもないことを口走った。

「いじめられっ子をかばっていた強いやつが、かばわれるような弱い人間に堕ちるのって、なんか快感だね」

「泉、性格がわるーい」

「え、人間の本性とちがう、王さまがホームレスになるのを見て喜ぶのって。麻子はそう思わないの」

しばし考えた。悪政三昧の王さまからホームレスへ転落するような話なら、そういうこともあるけれど、と、賛成していいものやらどうやら。

その時、前方の角を曲がってガリが現れた。

ガリは、最近この界隈に出没している野良の子猫だ。洗えば純白の毛になってそれはかわいい猫になるはずだけれど、鼠色に汚れてほっつき歩いている。ガリというのは、やせ細った体をもじって私がつけた名前である。

以前、ガリに出会った時にあげるために、煮干し入りの小袋を持ち歩いていた。猫アレルギーの美佐子は、そういう行為に反対していた。よけいな哀れみでガリが生き延びたら、子供を生んで、野良猫の再生産になるというのだ。かえってかわいそうでしょう、と真剣な顔で意見されると、私は頭を垂れるしかなかったものだ。でもねえ、目の前にある命を見殺しにはできないのよ、という言葉を胸に飲みこんで。

ガリを見かけるのは、ずいぶん久しぶりだった。相変わらず針金のようにやせ細っている。私はバッグのポケットを探った。持ち歩いていた煮干しがバッグに入ったままになっているはずだ。

あった。袋を出すと、ガリは目敏く見つけてこちらに走ってきた。泉はもの思わしげに小袋とガリを見比べた。

「なんなの。そんなものをあげていいの」

「何週間かバッグに入ったままだったけれど、悪くなってはいないわよ。あなたがあげる？」

袋の中身を泉の掌にあけた。泉はしゃがんで、ガリの口もとに手を差し出した。どこかおっかなびっくりといった様子があった。

いつものようにガリは一秒で食べて、掌まで嘗めつくした。

「うひゃあ、くすぐったいや」

泉は奇声をあげた。それがまた小学生のような笑顔なので、呆れてしまう。

ガリが掌を嘗めたのは、手についた小魚の破片まで食べるためだ。それが終わると、ガリは野性をとり戻して、素早く逃げ去った。

私達も駅への歩行を再開した。

「猫に触ったことないの。動物、苦手？」

「ううん、好きだよ。でも、野生の動物にはなるべく近寄らないようにしているんだ」

野良猫が野生……まあ、そういう見方もできるか。

「べつに悪い病気をもっていたりはしないと思うけれど？」

言いながら、バッグからハンカチを出して、泉にわたそうとした。泉は首をふって、受けとらなかった。

「そういう心配をしているわけじゃないよ。彼らには、人間とかかわりなく生きていってほしいんだ。先祖返りして、猫は虎に、犬は狼にならないともかぎらないじゃないか」

「はあ？」

「そのうちにそこいらじゅう野生の動物だらけになったら、素敵じゃない」

泉は、実際に虎化した猫や狼化した犬が走りまわっているかのように目を輝かせた。私もそういった図を想像してみたけれど、あまり素敵には思えなかった。

「緑の豊かな野山ならともかく、マッチ箱のような住宅の立ち並ぶ町に野生動物なんて」

「遅れているなー、麻子は。ニューヨークかどこかでビルを断崖絶壁に見立てて猛禽類が巣を作っているって、テレビでやっていたよ。いまどきの野生動物なら、マッチ箱の家も草原のようなものさ」

感性の差は世代の差だなんてことになりたくなかったので、私は「そういえばそうね」と訳知り顔をした。

新宿の駅構内で泉と別れ、待ち合わせの喫茶店へ行った。

時間より早く着いたのに、先方がすでに来ていた。中村さんといい、以前私の上司だった人だ。経済雑誌の編集から他社の文芸部門に移るという摩訶不思議な転職をしたため、一年きりの上司だったけれど。でも、その縁で、小説の翻訳を手がけさせてもらえた。

知り合ったころはまだ独身かと思うような若々しい人だったけれど、最近はロマンス・グレーの渋い中年になっている。一年に一、二度連絡が来て、一緒にお酒を飲む。お酒を飲まないような時間に呼び出された場合は、仕事の話だ。今日のこの時間だと、飲み会ではなく仕事だろう。

また小説の翻訳ではないかと、かなり期待していた。小説の翻訳はむずかしいけれど、仕事の幅を広げておくにこしたことはない。

予想通り、仕事は小説で、前回は経済ミステリだったのだけれど、今回は経済よりもミステリに重きをおいた作品のようだ。それも文庫ではなくハードカバーだ。私はミステリのさほど熱心な読者ではない。しかし、中村さんは私にならできると、強く勧めてくれた。それで、やってみることにした。

「きみは文章がうまいんだから、これからどんどん小説に手を広げたほうがいいよ」

仕事の話が一段落すると、中村さんはゆったりとコーヒーを飲みながらそう言った。

「そうですね。翻訳ソフトにもっといいものが出てくれば、文章の巧拙を問わないような分野の翻訳ものは人間を必要としなくなるおそれがありますものね」

「それはまあ、まだだいぶ先のことにはなると思うけれどね」

「だいぶ先といっても、十年後どうなっているか、見当がつきません」

「十年後、私は退職しているなあ」

中村さんは十年先を見る目になった。あ、もうそうなのか、と、人ごとながらなんとなく寂しい気分になった。

「年金をもらって悠々自適の生活ができていればいいけれど、どうかなあ」

「老後のプランなどあるんですか」

「もっとじっくり本が読みたいんですよ。仕事で読まなければならない本ではなく、書店でぶらりと手にとって楽しみながら読む本。あと、旅行にも行きたい、というか女房が行きたがっていてね、それのおつきあい」

　ああ、なんていい夫なのだろう。こんな人だから私は好きになったのだ、とかつての淡い恋心を思い返す。

「でも」と、中村さんは急に唇をすぼめた。「年金は雀の涙で旅行どころではないかもしれないし、親も寝たきりになっているかもしれない。生活苦に喘ぎながら介護に明け暮れていたりして」

　それから、中村さんは私を、光源でもあるかのようにまぶしげに見た。

「きみなんかの年齢だと、まだ年金だの親の介護だのといった話とは縁遠いんだろうね」

　冬美がお葬式の帰りにちらっと年金の話をしていたっけ。

「そうでもないですよ。年金も介護もいま流行りのテーマですから」

「そうか、そうだね。きみの分野はなんといっても経済だから。でも、僕らが口にする時は、流行りだからではなく、かなり実感をともなっているんだよ。この年になると、ぼちぼち鬼籍に入る同級生も出てくるし」

　そう言う中村さんの目尻の辺りをよく見ると、疲労がゴミのように浮いている。いま現在の即物的な疲労というよりは、長い時間の中で降り積もったもののようだった。こんな中村さんは見たことがない。なにか問題でも抱えているのだろうか。聞いていいものやら悪いものやら。どうせ力になれるわけでなし。

それにしても、ほんの数時間前まで一緒だった泉と交わした会話との、なんという落差だろう。未来を気にするのは、若者ではなく年のいった人間なのだ、とあらためて気づかされる。未来というなんとはなしの光輝または暗黒がまとわりついた言葉よりも、将来というほうがより似つかわしいかもしれない。

「私の友人も、最近亡くなったんですよ」

「そうなの。そんなに若くても、ぽちぽち友人を亡くしはじめるんだねえ。病気かなにかで？」

「いえ。炭火による中毒死です」

中村さんは、鳩が豆鉄砲をくらった顔になった。

「それはまたお気の毒な。人間の命というものは、分からないものだね」

「ええ、本当に」

ふと思いついた。

「心中ゲームって、聞いたことはありますか」

マスコミに近い世界にいる人なら、なにか情報をもっていそうに思えた。しかし、中村さんは戸惑ったように首をひねった。

「それはなに。新しいパソコン・ゲーム？」

「え、ああ、よく知らないんですけど、ちょっと小耳にはさんで。中村さんならご存知かと思って」

「いやいや、僕もゲームは最近さっぱりで。せいぜいが昔からはまっているドラクエどまり。そうだ。老後にやりたいことのひとつに、パソコン・ゲームを思うさまやるっていうのもあるね」

中村さんは、口をあけて呵々と笑った。下の前歯が覗いて、いつの間にかそれが入れ歯になっていることを発見した。

ああ、オジサンは厭だ。少年がいい――でも、少年はオバサンが厭かもしれない。私と泉よりも私と中村さんのほうが年齢が近いことを考えれば、なおさら。

「あ、いま、いい顔をしたね」

「は？」

「いやいや、失礼。これもセクハラになるのか。でも、今日はひどくきれいだよ。なにかいいことがあったのかと思ったんだが」

中村さんは微妙なタイミングで言葉を切った。私は、中村さんの言葉を心の中で補う。それなのに、友人が亡くなったばかりとはね——

　なんだか、美佐子に申し訳ない気になった。

　とはいえ、美佐子の死が心から消えていたわけではなかった。私が一段ときれいに見えたのは、私が久しぶりに小説を翻訳するということで浮き足だったせいか、それとも中村さんがあまり若い女性と接触していないせいではないだろうか。

　それから私達は、他愛もない世間話をいくらかして別れた。年上の人といると、自分が若いように思えて、とても気分がいい。しかし、なんとなく物足りない。そういうことに気づかされた時間だった。

　今夜も泉が来るだろう。新宿駅で別れた時、来るとは言わなかったけれど、何時ごろ帰宅するか私に聞いていた。その時間帯めがけて押しかけるつもりにちがいない。夜食や朝食のために少し食材を仕入れておかなければ。

　家路を急いだ。道々、視線を感じたのだけれど、それはあとから考えればそうだったという程度の、ごくささやかなものだった。

5

その夜、泉は来なかった。翌日も現れなかった。電話さえかかってこない。

泉が我が家を訪れたのはこれまでたった二回、泊まったのはわずか一回。だから、家に泉がいる状態よりもいない状態のほうが圧倒的に普通だ。にもかかわらず、なぜか私は欠落感を覚えた。泉にこちらから電話することも考えたが、なんとなくためらわれた。中村さんにわたされた小説を読んで一日をすごしたが、ともすると意識はフィクションのミステリからそれた。

高校生なんだから、こんな年上の女の家に来る以外にもやることはたくさんあるだろう。あんなにかわいいのだから、いつ恋を拾わないともかぎらない。そうなるともう、探偵ごっこよりもそちらのほうに夢中になるだろう。かくして、私は一人、迷宮の世界に打ち捨てられる。

いや、泉は進矢とちがって、さしてもてないかもしれない。高校生の女の子というのは、かわいい男の子よりもむしろおとなびた子に魅かれるものだ。私達もそうだった。昨日まで恋人のいなかった泉が今日になって恋人のいる身になるなんて、あまり考えられない。一目惚れということもなくはないけれど。そう、美佐子のように。

美佐子は高校二年の秋に、冬美のボーイフレンド（名前を思い出せない）に一目惚れした。美佐子は女の子には人気があったけれど、男の子達はきっと彼女のような華やかなタイプは近づきがたかったのだろう、高校在学中ボーイフレンドを絶やさなかったのは冬美のほうだった。

友人のボーイフレンドに恋をしたのだから、乙女心はジグザグと複雑な過程をたどりそうなものだったが、ちがっていた。美佐子は、冬美のボーイフレンドに真正面から告白したのだ。そして、彼の心をつかまえるのに成功した。まあ、演劇部の花形に言い寄られて悪い気のする少年はいないだろう。

二人の交際は数年続いた。見るからに仲睦まじく、またお似合いのカップルだった。私は二人が結婚するだろうと思っていた。しかし、彼は美佐子の結婚の条件に合わなかった。それで、二人は残念ながら別れてしまった。

ボーイフレンドをとられた形の冬美はといえば、それによって美佐子と仲違い（なかたが）することもなく、すぐにべつの男の子とせっせとデートを始めた。私は、そんな友人達の青春を多少の羨望をまじえて眺めていたものだ。私には大学に入るまでボーイフレンドはいなかった。だから、男子高校生である泉は新鮮な存在だ。

固定電話が、私の思考を破った。泉、と考えかけたが、彼なら携帯によこすだろう。

「もしもし」

受話器から流れてきたのは、真由子の声だった。

「ああ、いま高校時代のことを考えていたところよ」

「へえ、どんなこと？」

「美佐子が冬美のボーイフレンドをとった時のこと」

「ああ、あなたがラヴ・レターを代筆した、あれね」

「私がラヴ・レターを代筆した？　私、そんなことしていないわよ。美佐子が直接彼に告白したのよ」

「えー、そうなの。私は冬美から、麻子が美佐子のかわりに素晴らしいラヴ・レターを書いて、それですっかり三上さんがその気になったと聞かされていたわよ」

「私、していないわよ、そんなこと。どこでどうまちがって、そんな話になったの」

「えー、でも、麻子はあの当時美佐子の言いなりだったじゃない。だから、きっと……うん、それだけじゃなくて、あなた自身がそう言っていたのを、私、聞いたのよ。まさかと思っていたのに、三上さんと美佐子がくっついちゃったんで、冬美が傷ついているんじゃないかと、ずいぶん気に病んでいたじゃないの。冬美は麻子がラヴ・レターを代筆したと知っているかしらと聞いたから、私、知らないと思うって答えたはずだけれど、本当は彼女、知っていたのよね」

私は茫然となった。まるで自分が見知らぬ他人になったような気分だった。

いわれてみれば、美佐子のあの部屋であれこれラヴ・レターの文案を練っていた時間がかすかに記憶の片隅に残っている。自分自身のためにラヴ・レターを書いたことは一度もないのだから、ただの習作でなければ、誰かのための代筆だったのだろう。つまり、美佐子のための。

解けだした毛糸玉のように、脳細胞の奥深くからくるくると記憶が引き出されてきた。そうだ。私は、美佐子のたのみを断りきれなくて、三上にラヴ・レターを書いたのだ。三上がこんな手紙に心を動かされたりしませんように、と祈りながら。その反面、三上に想いが通じたら、どんなに美佐子が喜ぶだろうと期待してもいたのだ。

「私、忘れてしまっていたのね……」

「そうらしいわね。辛い出来事って、人間、記憶をねじ曲げてしまうことがあるものね」

「冬美、私を恨んだんでしょうね？」

私は、私がラヴ・レターを書いたことを冬美は知らないと信じていた。だから、疚しさをおし殺して冬美にそれまで通りの態度をとっていた。それどころか、慰め役を買ってでたりもしたのだ。高校に迎えにきた三上と美佐子が下校する姿を見かけた時には、真由子と二人で冬美を甘味処へ誘ったりもした。事実を知っていた冬美は、どんな思いでいたのだろう。

「ほら、あの時も言ったけれど、冬美は誘われるままにつきあっていただけで、三上さんをそんなに好きだったわけじゃないのよ。だからまあ、友人にとられたことそのものにはいくらかショックだったとしても、さほど深刻な傷は受けなかったみたいよ。もし冬美があなたや美佐子を恨んでいたら、私達の友情はあの時点で終わっていたと思うな」

「そうね。そうに決まっている」

口ではそう言ったものの、胸がちりちりと燻るように痛んだ。自分がそんな重大な事実を忘れていたことが痛い。美佐子から耳にたこができるほど聞かされたはずの三上という名前さえ思い出せなかったのは、その辺りのことをまとめて記憶の底に沈めてしまったからなのだ。そして、美佐子が直接告白したから三上の心が美佐子に移ったのだというフィクションを捏造して、それを私にとっての真実にしてしまった。出来事はそれほど私にとって後ろめたいものだったのだけれど、それにしても、とんでもない行為を完全に忘却していたなんて、自分の人間性に呆れてしまう。

「ところで」と、真由子は声の調子を改め、無理やり私を過去からひきずり戻した。「あなたの昔のボーイフレンドには連絡をとった？」

誰のこと？　と聞き返しそうになって、気がついた。平田一晃のことだ。

「いいえ、まだ」

「でも、調べてはいるのでしょう」

私は、進矢のことから始めて、心中ゲームの噂、伸彦の侵入事件など、関連があると思われることは洗いざらい話した。

真由子はおとなしく聞いていたが、私が話し終わると、「その森本っていう子、怪しくないの」という言葉を発した。

「森本君はいい子よ」

考えるより先に口が言っていた。

真由子は、少しばかり長い沈黙のあとに言った。

「でも、なんだかすっかりあなたを懐柔してしまっているみたいじゃない。美佐子だって、そういう子相手ならめろめろになったんじゃないのかな」

「泉は美少女みたいなのよ。恋愛相手としては不向きだわ」

「へえ、そうなの。美佐子は一時期、宝塚のなんとかいう男役にお熱だったわよね。それを考えれば、そういうのもアリじゃない」

なんてまあ、見当ちがいの例をもちだすのだ。

「宝塚の男役は美男子みたいな女性よ。泉は美少女みたいな男性なの。全然、逆。美佐子は、男性は男らしい人のほうが好きだったのよ。男らしくてきれいな人。三上さんがその典型だったわ」

「そのわりには、結婚相手は男っぽくもきれいでもなかったわね」

「そうだ。あなた、いっとう怪しんでいたのは伸彦さんだったんじゃないの」

「それはいまでも変わりないわよ。でも、森本少年もあまり家に入れないほうがいいと思うな。だってほら、あなたのパソコン上のメールを移動するチャンスがあったのは、森本少年でしょう」

「え」

指摘されてはじめて、その可能性に思い当たった。私は、伸彦が変えたメールの順番を元に戻したつもりだった。しかし、翌日見ると、覚えのないメールがこれ見よがしに真上にあった。メールの順番を元に戻した時点で見逃しただけだと思っていたけれど、パソコンと同じ部屋に一人でいた泉なら、そういう操作をする機会が確実にあった。

「そりゃあね、若い子がそばにいるのって、楽しいものだと思うわよ。青春時代が戻ってきた気分になるわよね。私だって、機会があれば高校生とつきあいたいよ」

真由子の脳天気な台詞は耳を通過していく。とはいえ、泉がなんのためにそんなことをしなければならないのだろう。する必然性がないではないか。

「だけど、心中ゲームなんていう話を聞いたら、呑気に青春ごっこもしていられないと思っちゃうわ」

もっとも、泉が美佐子を心中ゲームに巻き込んだのなら、話はべつだ。泉はワルなのだろうか。ガリに掌を嘗められていた時の顔などを思い起こすと、とてもそうは思えないのだけれど。

日生劇場で出会った青年を思い出した。泉を悪魔だと言いきった青年。彼にもう一度会って、話が聞きたい。

「悪いことは言わないから、平田さんに連絡しなさいよ。そして、手伝ってもらうべきよ。あなたってば、事件を解明するどころかどんどん謎を増殖しているみたいじゃないの」

「それは言えているけど」

平田に連絡をとれと、くどいほどくりかえして、真由子は電話を切った。

「平田さんに会うのは難儀だなー」

電話が切れたあとの受話器にむかってつぶやく。

いま私の心の大部分を占めているのは、ラヴ・レターの代筆事件だった。冬美にきちんと謝りたい。もちろん、もう二十年以上も前の出来事だ。高校時代の恋愛トラブルなんて、結婚して子供までいる冬美にとって、なんということのない思い出になっているだろう。いまさら謝られても白けるばかりかもしれない。それでも、謝りたいと、強く思った。ラヴ・レターを代筆したことではなく、代筆していたのを忘れていたことを。

6

朝が来ると、早速冬美に電話した。顔が見えないところで謝るのは嫌だったので、会えないかと聞いたら、今日の昼間ならお姑さんに子供を預けられるという。「夜なら飲めるのにねえ」と残念がりながらも、すぐに話がまとまった。午後二時に横浜の中華街で待ち合わせて、飲茶をすることにした。

横浜の中華街など、もう何年も行ったことがない。駅の改札で冬美と待ち合わせた私はおのぼりさん同然だった。新しい線ができて、駅から出るとそこはもう中華街という近さになっていた。

冬美は、十五分ほど遅れて現れた。あんなにお洒落でブランドものしか身につけない子だったのに、エプロンをはずしてそのままやってきたようなスエットとジーパン姿だ。その上、姑に預けたはずの息子の手をひっぱっている。

「急なお守りはいやだって言うのよ。家にいるのに。身勝手だと思わない」

冬美は口を尖らせて狐にそっくりの顔つきをしていた。二歳になる息子の秀秋は、母親に似ず愛くるしい。

「こんにちは」

と言うと、秀秋は「だー」というような声をあげてにっこり笑った。

「かわいいわね」

「そりゃ、私の子供だからね」

冬美は仏頂面のまま言った。

「子供連れだから、もう適当にしよう」ということで、手近にあったかまえの立派な、しかし空いている店に入った。むかいあって座って、相場より高めと思われる飲茶セットを注文し、さあ謝罪を切り出そうとした瞬間、冬美が言った。

「あなた、ずいぶんきれいになったわね」

感嘆と憤怒が入りまじった口調だった。

「たった十日ほど前には、いまにも後追い自殺しそうだったのに。一体なにがあったの」

「後追い自殺？」

きれいになったと言われたことよりも、そちらにひっかかった。

「そうよ。美佐子のいない世界で生きていけるのかと、真由子と二人でずいぶん心配したのよ。だから、気を紛らわせようと、探偵の真似事をけしかけたんだけど」私の頭から顎にかけて、窘めるように視線を這わせ、「まるで最後に四人で会ったあの日の美佐子みたいにきらきらしている」

「探偵の真似事をけしかけたのは、気を紛らわせるため？　すると、あなた達は美佐子の事故死を疑っていたわけじゃないの」

「疑ってはいるわよ。だけど、麻子が真相を解明するなんて、誰も期待していないわよ。平田さんに力を借りるように説得して、彼と動いているうちにまた恋仲になったらいいなって、二人で言っていたの」

　私は、感動していいのか呆れていいのか分からなかった。鼻の奥がじわりと熱くなったから、心は感動にかたむいているのだろう。

「二人がそんなに私のことを心配してくれているなんて、思わなかった」

「そりゃあ、心配するわよ。何年、友達やっていると思っているのよ」

「それなのに、私はあなたを裏切っていたのね」

　おしぼりで秀秋の指を拭いていた冬美は「え？」と、こちらに顔をむけた。私は居住まいを正した。

「私、あなたに謝らなきゃ。私、つい昨日まで、自分の過去を捏造していたの。美佐子が自分で三上さんに告白して、あなたからとったんだと思っていた。でも、私がラヴ・レターを代筆して、それで二人は恋仲になったのよね。ごめんなさい」

「三上さん、て誰だっけ」

冬美が申し訳なさそうに聞いたので、私は気抜けした。白けるならともかく、忘れているなんて。

「高校の時のボーイフレンドよ、美佐子があなたから奪った」

「ああ」と、冬美は思い出したらしく、懐かしそうな目の色になった。「そういえばあれは、私のもと彼だったわね。けど、なんでいまごろ謝るの」

「思い出したから。あなた、私がラヴ・レターを代筆したのを知っていたんですって。きっと傷ついたでしょうね」

秀秋がテーブルの上のナプキン立てをとろうとしはじめた。冬美はそれをくいとめながら、苛立ったように聞き返した。

「あのさ、まさかその話のために私を呼び出したんじゃないわよね」

「え、そのために呼び出したのよ。電話じゃ謝りきれないと思って」

「私はてっきり探偵の報告かと思ったのに。だから、こんなコブまで連れてやってきたのよ。あー、それはあちちよ」

冬美の最後の台詞は、ナプキン立てを諦めジャスミン茶の入ったポットをつかもうとしている秀秋にむけられたものだ。

「ごめん。そっちのほうはまだ進んでいないの」

「主婦は忙しいんだから、いちいちそんな遠い昔のつまらない話で感傷的にならないでほしいわ」

私のラヴ・レター代筆はつまらない話、なのか。ほっとした反面、冬美との感性の落差に茫然ともなる。

「私、自分の嘘が許せなくて、どうしても謝りたかったの」

「こらっ」という声とともに、バシッという音がした。冬美が、ポットへの襲撃をやめようとしない秀秋の手の甲をひっぱたいたのだ。私は思わずびくっとなったが、秀秋は泣くこともなく、母親を睨みつけている。

「あちちでしょ。危ないの。何度言ったら分かるの」

秀秋のほうは、私には不明の言語でなにやら口答え。

「喉が渇いているんじゃないの」

「ちがうわよ。なんでも手にとって嘗めてみたがるの。そんなのって一歳児かそこらのすることじゃない。言葉は遅いし、脳のどこかに欠陥でもあるんじゃないかしら」

まさか、と言いかけたが、冬美は目を吊りあげて私を見た。

「安易な慰めはやめてよね。だいたい、二十何年も前の嘘にくよくよするくらいなら、この子のことで嘘つかないでほしいわ」

「秀秋ちゃんのことで嘘？　私がいつそんなことをしたの」

「したじゃない、さっき。かわいいなんて」

「えー、あれは本音よ。かわいいからかわいいと言ったのよ」

「そんなことないわよ。私を睨む顔なんてお義母さんにそっくり」

「本人の前でそんな憎々しげに言わなくても」

「自分のことを話されているなんて分かんないわよ。そんなに賢ければ苦労はないわ」

飲茶セットが来たので、私達は口をつぐんだ。

謝罪が宙ぶらりんになってしまった格好だ。しかし、とりあえず謝ることは謝ったからいいか。

五品目ほどの点心の味付けはどれもまあまあだった。冬美は自分の口に運ぶよりも、秀秋に食べさせるのに忙しい。秀秋はよく食べる子だった。

この子は泉や進矢みたいな美少年には育たないかもしれないと、漠然と思い描く。さっきかわいいと言ったのは、やはり安易だったのだろうか。しかし、子供特有のかわいらしさは、ちゃんとある。

「そりゃあ、寝顔を見ていると、天使みたいだって思うわよ」

冬美は、私の内心を読んだかのように言った。

「だけど、目覚めていると戦争。花金も、アフターファイブも、日曜祝日も、ないものね。三年前、私はなにを血迷ったかと思うわ」

「そうね。こんなに苦労して育てても、成長した子供が親を愛してくれるなんていう保証はないものね」

「ああら、親を愛さない子供なんていないわよ」

冬美が断固として言ったので、私は反発を感じた。

「いるわよ、目の前に。知っているでしょう。私は親を憎んでいるわよ」

「どうかなあ。やっぱり愛しているんじゃないの、心のどこかで。嫌いという感情はただもう嫌いという場合があるけれど、憎いという感情は愛があってはじめて生ずるものだと思うよ」

「じゃ、私は親が嫌いなの」

「そんな子供みたいな」

冬美は鼻先で笑ってから、いいことを思いついたというように手を打った。

「そうだ。美佐子のそばで暮らしていたのがいけなかったんじゃない」

「どういう論理展開よ」

「美佐子のそばで暮らしていたから、麻子はいくら年をとって見かけが中年になっても、高校時代の気分が抜けなかったのよ。だから、過去のちょっとした嘘にもくよくよするし、未だに親とも和解できない。要するに、心は少女のままなのよ」

「親とはそこそこつきあうようになったわよ、私だって。それに、ボーイフレンドを横取りするのに力を貸しておいて知らんふりしていたのが、そんなにちょっとした嘘かしら」

「うーん。そりゃ、当時はすっとぼけて、なんて腹が立ちもしたけどね」

「そうでしょう。だから謝りたかったんじゃない」

「でも、そういう意味じゃ、麻子だって被害者でしょ」

「被害者というのは大袈裟だわ。二人の間でずいぶん悩んだけれど」

「そうじゃない。私は三上君とたいして好きでもなくつきあっていたから、別れてもどうってことはなかったの。でも、麻子の場合は、平田さんと結婚するつもりだったんでしょう。それなのに美佐子に壊されたんだから、本当なら絶交ものでしょう」

まさかそこへ話がいくとは思わなかった。冬美や真由子には、一晃と別れた詳しい経緯を話したことがない。壊されただなんて、それでは美佐子がまるで悪者だ。

「いやだ。私と平田さんが結婚しなかったのは美佐子のせいだと思っていたの。ちがうわよ。

私と平田さんの関係も、冬美と三上さんの仲のようなものだったの。平田さんは私に結婚を申し込んだけれど、私は踏みきれなかったのよ。結婚しても、うまくやっていく自信がなかったから」

「なんで自信がなかったの」

「そりゃあ、平田さんが浮気するんじゃないかとか、私が平田さんに口うるさく文句ばかり言うようになって嫌われるんじゃないかとか」

「要するに、親の二の舞になりそうな気がしていたのね」

「まあ、そうね」

「でも、美佐子がちょっかいを出して、それで別れることになったのは事実だよね」

さて、なんと答えよう。

「あー、駄目、それはお姉ちゃんの」

突然、冬美が叫んだ。秀秋が私のシュウマイをとろうとしている。自分のはもう食べてしまったのだ。中年からお姉ちゃんに指定替えか、と思いながら、

「どうぞ、食べて」

秀秋に蒸籠（せいろ）を押しやった。

「あー、よかったね。お姉ちゃんにありがとうしなさい」

秀秋はちょこんと頭を下げた。冬美は秀秋に一口かじらせてから、残りを自分で食べた。

それを見ながら、私はゆっくりと言った。

「そうね。平田さんは、私に結婚を申し込んだあと、美佐子から結婚を申し込まれたみたいよ」

一晃は小鼻をふくらませて、私に打ち明けたのだ、芦辺さんから結婚を申し込まれた、と。でも、もちろん断った、と。

そして、それと相前後して美佐子は、私にこう言った。「平田さんの浮気度を確かめてあげたわよ。合格だったわ。結婚しちゃいな」

けれど、美佐子のあの台詞が本心だったのかどうか、いま私は分からなくなっている。一晃のフルネームをパソコンのパスワードに使っていたくらいだから、もしかしたら案外本気で一晃に恋をしていて、もし彼が承知すれば結婚しようと思っていたのかもしれない。

「で、それを知って、あなたは美佐子に平田さんを譲る気になったのね。恋人よりも友人をとろうとしたんだ。なんという麗(うるわ)しい友情」

「ちがうちがう。譲る気になったわけじゃないの。私、美佐子と平田さんが家庭をつくったらどうなるかなと考えてしまったのよ。そして、私とつくる家庭よりずっといいものになると予想がついたの」

冬美がそんな、というふうに口を開きかけたので、私は急いで続けた。

「しかも、そう予想しても嫉妬していない自分に気がついたの。つまり、平田さんをそんなに好きではないんだと分かってしまった。それだけの話。そのあと美佐子が平田さんと結婚しようとしまいと、私の関知するところではなかったの。結局しなかったけれど」

「あなたの家庭恐怖症にも困ったものね。想像通りにものごとが進むとはかぎらないのに」

冬美は、同情と批判の入りまじった表情だ。冬美は両親と兄の四人家族の中で育った。両親は、時おり派手に喧嘩するらしいけれど不仲ということではなかったようだ。

「我が家のような夫婦を見て育っていれば、あなただって家庭恐怖症になっていたかもしれないわよ。それとはべつに、あなたも結婚して後悔しているんじゃないの」

「いや、私は結婚を後悔しているわけではないけどね……」

冬美は、靴のまま膝にあがってくる秀秋をしかめっ面で抱きとめた。

「私って、子育てが下手だと思う？」

「そんなものじゃないの、二歳児って」

「かしらねー」

その時、わきに置いたバッグで「スカボロ・フェア」のメロディが鳴りだした。携帯をとりだし液晶を見ると、泉の番号が表示されていた。心臓が動きを速めた。

「もしもし」という泉の声には、落胆のようなものが滲んでいた。

「どうしたの」

「いまどこ」

「横浜」

「なんでそんなところにいるの」

「友人と会っているのよ。どうして」

「いつまでそこにいるの」

「そうね。久しぶりだし、桜も咲いているし、少しぶらぶらしようと思っているの。帰りは七時ごろかな」

「四時間も待てないや」

と泉がつぶやいたので、私ははじめて気がついた。

「あなた、どこにいるの」

「麻子んちの玄関の前」

「どうして電話もせずに」

「いると思ったから。でも、いいよ」と、泉は言った。「帰る」

そして、ぶつりと電話を切った。

私は少しの間、携帯を見つめていた。包丁がすべって指先を切ってしまったような痛みが、携帯を持つ手から胸にかけて伝わってくる。

冬美に見られていることに気がついて、携帯をしまった。

「誰。恋人？」

「そんなんじゃないわよ。美佐子の義理の甥の同級生。ほら、お葬式に来ていた子の」

「ふーん。あの子も美形だったけれど、その子も美形みたいね。あなた、飛んで帰りたいような顔をしている」

「そりゃ、呼び鈴を鳴らして誰も出てくれなくて立ちつくしているのって、かわいそうだもの」

そういえば、美佐子の家を訪ねて、何度かそういう目に遭ったことがある。時には事前に連絡してあったのに、忘れて父親と一緒に買い物に出たなんていうこともあった。あの時の自分が、我が家の玄関ドアの前に立ちつくしている泉と二重写しになる。寂しさが重なる。

「でも、高校生かなにかでしょう。もうかわいそうっていう年でもないわよ。恋の相手にだってなれるんだから。私も高校二年生とつきあったことがあるわよ」

「それは自分も高校生の時のことでしょう」

「それとはべつよ。三十になろうというころ。中年のおじさんなんかよりもしたたかで、ずいぶんふりまわされたものよ」

「二十代の終わりなんて、高校生といい勝負じゃない。この年になると、十六なんてまだほんの子供だって分かるわ。父親がなく、母親は毎晩どこかほかのベッドで寝ているような、愛に飢えた子なの」

秀秋の無心な瞳に見られていることに気づいて、

「秀秋ちゃんはそんな目に遭わせちゃ駄目よ」

かつての恋多き女に釘をさす。

「さあ、どうかな」

「冬美ったら。子供は親を選べないのよ」

「親だって子供を選べないわよ。自分達のいい遺伝子ばかりとって生まれてくれればいいけれど、悪い遺伝子ばかりとるかもしれないじゃない。それも、親の代には表に現れなかったような、極悪遺伝子」

「それこそ、子供の側の不幸だわ。美佐子だって、それでどんなに苦しんだか」

「ん？　あ、ガンの遺伝子のことね。でも、あれ、半分はあなたの責任じゃないの」

「それ、どういう意味」

「だって、美佐子は生物学がまるで駄目な子だったじゃない。親戚が二人、たてつづけに乳ガンで死んだからって、それが自分の遺伝子とかかわりがあるなんて、思いつくような子じゃなかったわ。あなたが知識を授けたんでしょう」

まさか、そんな、私が美佐子をガン・ノイローゼにしただなんて。

確かに、伯母さんが乳ガンで亡くなったと聞いた時、あれは大学一年の年だったはずだけれど、その時に家族性のガンかもしれないと思ったことはあった。しかし、それを美佐子にむかって言っただろうか――言ったかもしれない。美佐子の身がとても心配になって、美佐子まで乳ガンで死んだらどうしようと、いても立ってもいられなくなった覚えがあるから。

心臓から脂汗がしたたり落ちているような気分になった。

「あ、ちょっと、気にしている？」

冬美が困ったように私の顔を覗きこんだ。

「気にすることはないわよ。両親そろってガンで亡くなったことを考えれば、やっぱり美佐子はガンに気をつけなきゃいけない体質だったってことでしょう。それで、いろんなことを注意して暮らしていたわけだから、よかったんじゃないの。ああいうことがなければ、案外日頃の摂生が功を奏して長生きできたんじゃないかな」

私には安易な慰めをするなと言った冬美が、安易な言葉を紡ぎ出している。

私が黙っていると、冬美は膝の上でナプキンをしゃぶっている秀秋に視線を移した。

「またそんなものをお口に入れて。困った子ね」

そして、ひっぱたくのではなく、ぶちゅっと音をたててほっぺにキスをした。なんのことはない。やっぱりかわいいのだ。

そっと泉のことを思った。冬美に謝りにこなければよかった。そうすれば、訪ねてきた泉に夕飯をふるまえたし、第一こんな重い心を背負いこまずにすんだのだ。

第三章　必ず復讐する

1

冬美は、夕飯の支度をしなければいけないからと、そそくさと帰っていった。

私も、久々の横浜を散策する気分が失せた。しかし、まっすぐに帰宅したからといって、泉に会えるわけではない。

思いついて、有楽町へむかった。目的は日生劇場だ。もう一度「新・近松心中物語」を見たいというわけではなく、もしかしたら泉を悪魔よばわりしたあの青年に会えるのではないかと考えたのだ。真由子から、泉ならパソコンを操作する機会があったと指摘されたけれど、泉はそんなことをしていないと信じたい。それにはまず、あの青年の発言の真意を確かめておく必要がある。

中に入らず劇場の入り口近くで、観客が次々に入ってくるのを眺めていた。ちらほらやってくるうちはいいけれど、開演が間近になると、大勢が一時に入ってくる。とても人の顔をいちいち識別していられなくなった。

あの青年に再会できるかもしれないなんて、愚かな期待だった。一回見た芝居に来る人は希（まれ）だろうし、再来したとしても今日来るとはかぎらない。たとえ今日来たとしても、これだけの人の中で出会える保証はない。実に、つまらないことをしてしまった。足だけが棒のようになっていた。

帰ることにして方向転換した時、視線の先になにかがひっかかった。ジャンパーを手に持ったラフな服装の男性、まさかあれは。

べつの出口から出よう。踵（きびす）を返しかけたが、遅かった。

「麻子」

彼が名前を呼んだ。まるで十五年という歳月など二人の間になかったかのような、親しげな口調。

考えてみれば、逃げる必要があるのだろうか。ない、全然。

私は足をとめ、彼が近づいてくるのを待った。

彼、平田一晃は、私からかっきり一メートルのところで立ちどまった。

「お久しぶり」

「本当に」

「観劇？」

「ううん」

そうだろうと思った。こういう芝居を見る人ではない。しかし、それならなぜこんなところにいるのだろう。

気持ちが落ち着いてきて、彼をよく見ることができた。垂れ目で温厚な目つきとがっしりした体格は、十五年前と少しも変わっていない。頭髪に白いものがまじっているのと、顔の皺がふえたことだけが、二人の間に横たわる歳月を物語っている。私は、彼の目にどう映っているのだろうか。

「きみは中に入るの？」

一晃が聞いた。二度ほど同じ質問をしたらしかった。私は首をふった。

「じゃ、夕飯でも一緒にどう」

「平田さんはお仕事中じゃないんですか」

「いや」と言って、一晃は背中を見せ、さっさと歩きだした。仕事中じゃないと分かった以上、当然私が食事につきあうものと決めつけたのだ。一晃には昔からそういうところがあった。なんでも早呑み込みして独り決めしてしまう。

小さいが感じのよい、イタリアンの店に連れていかれた。一晃がパスタを好物にしていたことを思い出した。

「常連なの？」

「銀座ではここしか知らない。といっても、銀座で食事をすることは滅多にないけどね」

「いまどこでなにを」

「あ、申しおくれた」

一晃は背広の内ポケットから名刺入れを出して一枚引き抜き、私によこした。「㈱アクティブ探偵社」とあった。

「ここに勤めている」

「やっぱり探偵になったのね」

「やっぱりと言うと、そうなりそうに見えていた？」

「ううん。ただ、友人が、警察を辞めたんなら探偵になったかもしれないって」

「ああ、坂本さんだね」

「よく覚えていたわね。真由子とは数回しか会っていなかったでしょう」

「そう。きみの友人といえば、芦辺さんばかりだった」

一晃はかすかに口のはしを曲げた。

「美佐子、亡くなったのよ」

「知っている」

「え、どうして」

美佐子の死は新聞記事になっただろうか。目にした覚えはない。

グラス・ワインが運ばれてきた。

「再会を祝して乾杯」

一晃がグラスを持ちあげた。祝杯をあげる気分ではなかったけれど、私もグラスを持ちあげて軽くぶつけあった。

一晃の左手の薬指に指輪がはまっていないのに気がついた。もっとも一晃は、結婚していても指輪をはめないタイプだろう。

「どうして美佐子が亡くなったのを知っているの」

ずっと美佐子と連絡をとりあっていたのだろうか。美佐子の幻の愛人は、一晃だったのだろうか。

「聞いたんだ、坂本さんから」

あまりに思いがけない返答で、すぐには理解できなかった。

「十日ばかり前に連絡があったんだ、家のほうに」

真由子がさかんに一晃に連絡するよう勧めていたことを思い出した。つまり、私が動かないのを見越して、真由子がわざわざ国際電話をかけたのか。それにしても。

「彼女、あなたの連絡先を知っていたの」

「両親は昔と同じところに住んでいるからね。馬場さんという人に古い手帳をひっぱりだしてもらって捜したそうだよ」

「じゃあ、冬美も知っていたんだ、真由子があなたに連絡したことは」

今日、冬美はそんなことはおくびにも出さなかった。私と一晃が一緒に美佐子の死の真相を探るうちに恋に落ちるのを期待していた、とは白状したけれど。

「冬美というのは馬場さん？　どんな子だっけ。住所を教えている以上、会ったことがあると思うんだけれど、思い出せない。国際電話で坂本さんに聞くのも悪くてね」

「ぽっちゃりしてかわいい子、だったわよ。旧姓は林さん、ほら、旅行会社に勤めていて……」

途中で言葉を飲みこんだ。一晃が冬美に旅行の相談をしたいと言うので勤め先に連れていったら、それが一晃と私の新婚旅行の相談だった。そうと知った私は、席を蹴って帰ったのだ。一晃が美佐子から結婚を申し込まれたと小鼻をふくらませた直後のことだった。

「ああ、あの子ね」

一晃も気まずそうな顔をした。私は話を変えようとしたが、適当な話題が見つからない。うまい具合に、食事が来た。一晃がペスカトーレ、私がイカスミのパスタだ。私達はしばらく食べることに専念した。

食べている間に、不審な点に気づいた。

「ええと、真由子から連絡が行って、劇場で出会ったということは、あなたはもしかして私を尾けていたの？」

「ご明察」

「どうしてそんな」

「坂本さんから依頼されたんでね」

「なんてお節介な。一体いつから尾けていたの」

そういえば一昨日、街を歩いていて視線を感じた。一昨日ばかりではなく何日か前にもそういう感覚があったのを思い出す。

「坂本さんから依頼を受けたのはゆうべだ」

とすると、一昨日の視線は私の錯覚？

「しかし」と、一晃は続けた。「最初に坂本さんから連絡を受けた翌日に、気になってきみの様子を見にいった。きみは喪服のような黒いワンピースを着て、外出するところだった」

「あ、歌舞伎座に行った日ね」

最初に見られていると感じたのは、あの日だった。泉の魅力の巻き添えをくっただけだと思っていたのだけれど。

「その日はずっと尾けていたの」

「ああ。きみが入り口で誰かを捜しているふうがあって、もしかしたら観劇は犯人捜しの一環なのではないかと思ったから。舞台がはねてから、きみが美少女に声をかけられてついていったので、ますます気になった」

「あれは、美少女ではなく美少年なのよ」

「知っている」

「どの時点で分かったの」

「彼の声を聞いた時点で」

「まさか平田さん、歌舞伎座の帰り、二人で入った喫茶店に」

「いたよ。森本泉の真後ろに座っていた」

「ちっとも気づかなかった。優秀な探偵なのね」

「ありがとう」

一晃はおどけたふうに頭を下げてから、真顔になった。

「あの少年はなんだか胡散くさい」

一晃からも泉の悪口を聞かされるのか。

「なにを根拠にそんなことを」

「あの子はきみに、自分には父親がいないと言っただろう。しかし、それは嘘だ」

「嘘？　どうして分かるの」

「あの子のことを調べたから」

「彼も尾行したの。ずいぶん熱心ね。仕事がないのね」

「そう。仕事にあぶれて困っている」

一晃は怒ったように言った。それで私は、失礼な言い方をしたことに気づかされた。

「ごめんなさい」

「いや。実際には、探偵業界は最近、大繁盛でね。一週間に八日働いているような状態だ。それでも、休暇をとって調べずにいられなかったんだ」

調べずにいられなかった、と、力のこもった目で私を見る。昔だったらうつむいた場面だけれど、三十九歳の私は臆せず一晃を見返した。

「それで、森本君にお父さんがいるという話は本当なの」

「ああ。森本貴一(きいち)、四十八歳、個人病院ながら救急指定も受けている外科系病院の院長兼経営者、母親は香代子、三十九歳、専業主婦。兄が二人、上が創(はじめ)、大学三年生、下が貴(たかし)、大学一年生。二人とも医学部。泉は金持ちのおぼっちゃまだ」

「母親の名前と年齢にかんしては嘘をついていないわ、少なくとも。母親は毎晩出歩いている？」

「泉がそう言ったの」

「ええ。毎晩のようにどこかの男のベッドに入っているらしいわ」

「ごみ袋を持って外へ出てきたところは、いたって平凡な主婦に見えたけれどね。母親の素行までは調べていないから、確かなことは言えない。なんなら、調査しようか」

「いえ、けっこう」

貴一が泉の本当の父親じゃないということはあるのではないだろうか。そういう意味で、泉は自分に父親がいないと言ったとも考えられる。

「父親がいないという言葉ひとつをとって、泉を胡散くさいと決めつけるのは、早計ではない？」

「それだけじゃない。きみのマンションへ入る時に奇妙な振る舞いをした」

「私のマンションに入る時？　いつのこと」

「泉が」と、一晃けここで妙な間を置いてから言った。「泊まっていった夜」

一晃はなにか誤解をしているようだ。しかし、それはどうでもいい。泉が泊まった夜といえば、彼が額に怪我を負わされた日のことである。つまりそれは。

「私の部屋を見上げていた男というのは、もしかして平田さんのことだったの」

「ああ、俺はあの時あそこにいたよ」

「泉のおでこを切ったのは、平田さんなのね」

思わず大きな声が出た。隣のテーブルの中年カップルがこちらをふりかえり、すぐに首をもとに戻した。

「おいおい、興奮しないでよ」

「だって、刃物をふるうなんて、ひどいじゃない」

「俺じゃないよ。俺は泉が近寄ってくるのに気がついて、すぐに車にひきあげたからね。泉が俺を認めたのはまちがいないけれど、きみの部屋を見張っていたかどうかなんて分かりっこない」

一晃は、真実らしく聞こえる誠実さをこめて言った。

「車からさらに双眼鏡で泉の様子を眺めていると、彼はマンションに入る前にポケットから小瓶を出して額になにか塗りつけていた。その瓶はマンションの入り口の屑籠に捨てていった。それで俺は、泉が中に入ってから屑籠を調べたんだ。泉が捨てたと思われるプラスティックの小瓶には、血糊がこびりついていた。といっても、本物じゃない。ハンズ辺りで売っている、芝居なんかで使われる偽物の血だよ」

飲み込めない。というよりも、飲み込みたくなくて、私は黙っている。一晃は返事を強いた。

「あの夜、泉は怪我を負わされたふりをして、きみの部屋に現れたんだろう?」

「まさか、あれが芝居だったなんて、信じられない」

しかし、出血のわりには額の傷は小さなものだった。出血しやすい体質なのだと言っていたけれど、嘘だったのか。

「嘘だとしたら、なんのためにそんなことをしなければならないの。私の同情を買うため?」

「それだけじゃないと思うよ。危険な人物がうろついていると思わせたかったんじゃないのか」

危険。そういえば泉は、殺人事件を追うのだとしたら、命の危険も覚悟しなければならない、みたいなことを言っていた。だからといって、なんのために危険な人物がうろついていると私に思わせなければならなかったのだろう。私に用心させたかったから? だが、実際に危険人物が現れていない以上、先走りすぎではないだろうか。

「心中ゲームについて、もっと知りたい」

考えこんでいる私に、一晃は言った。

「どこまで知っているの」

「坂本さんからさらっと聞いただけだ。一から話してほしい」

「一からといっても、私もそんなに知っているわけじゃないの」

と、断っておいて、泉から聞いた話をし、美佐子がそのゲームの犠牲者ではないかと疑っていることをつけくわえた。

「平田さんは、そういうゲームの噂を聞いたことはない？」

「ないね」一晃は言下に否定した。「俺が親からたのまれて素行を探る少年少女の遊びといえば、不純異性交遊か薬物がもっぱらだ。そんな高等で非道なゲームをしているガキはいない。泉というのは、頭がいいの」

「そうね、いいほうだと思うけど。平田さん、泉が心中ゲームの首謀者だなんて思っているんじゃないでしょうね」

一晃は、つるりと自分の顔を撫でた。

「きみは、その可能性があるとは疑っていないの」

咄嗟に否定できなかった。一晃の垂れ目が心もち吊りあがった。

「なにか感じているんだね」

不承不承、言った。

「私は、泉はいい子だと思う。でも、あの子を悪魔だという青年がいたの」

「ほう。それは何者」

「知らないわ。観劇をした場所で声をかけられて、あの子は悪魔だから近づかないほうがいいと言われた」

「観劇というと、さっきのあの芝居だね。二十八日に一度行った」

「その通り。平田さんはその日も尾けていたというわけね」

「きみではなく、泉のほうをね」

本当に熱心ね、心の中でつぶやいた。

「さっき青年と言ったけれど、どういう青年」

「二十歳をそんなに越えていないと思う。背広にネクタイ姿だったわ。髭の剃り跡が青々としていて、どちらかというと男っぽい人だった」

「すると、もしかしたら泉と昼飯を食べていた男かもしれない」

「え、泉はあの青年を知っているの。まさか。泉は全然知らないと言っていたわ」

一晃は人差指をつき立てた。

「ほら、やっぱり嘘つきだ」

「だって、あなたが目撃した青年と別人かもしれないじゃないの」

「ま、そうかもしれないけれど、でも、渋谷で食事したあと一緒に有楽町へむかって、二人とも日生劇場に入っていったんだよ。劇場に近づいた時には十メートルくらい離れていたけれどね」

耳を疑う話だった。

「二人は知り合いだったというの。でも、それじゃあなぜ青年は赤の他人のふりをして、泉は悪魔だと私に言いつけたりするの。おかしいじゃない」

「食後青年は泉と仲違いして、きみに悪口を言いふらした、とも考えられる」

「平田さんは、ずっと二人を尾けていたのでしょう。その時に二人が喧嘩をしているふうはあったの」

「いや」

「じゃあ、仲違いしたわけじゃないんだわ」

「あるいは、泉が青年にたのんだのかもしれない、自分を悪魔だと麻子に吹き込むように」

「なんのために」

一晃は首をふった。へ理屈すら思いつかない説だったらしい。私は苛立った。

「泉について、説明のつかないことばかりが積み上がっていくわ。こういう時、どうすべきか知っている?」

「どうすべきなの」

「信じる、ということよ」

「俺を、泉を?」

「泉を」

一晃は軽く口をあけた。

「きみは泉に骨抜きにされている」

眠っている泉にセクハラをしたことを思い出したが、一瞬でひねりつぶした。

「嫌らしい言い方はやめて。私と泉はなんでもないわ。泉は十六で、私は三十九なのよ」

「十六の少年の性欲がどんなものか、俺のほうがきみよりもはるかに詳しいよ」

「でも、三十九の女の心理は、私のほうがあなたよりも詳しいわ」

「どうだか」

私と一晃は、お互いの目を見あった。二人ともなかなか目線をそらさなかった。外からは、まるで熱烈な恋人同士のように見えたかもしれない。

「十五年前、きみは絶対に俺に惚れていた」

見つめあいの効果か、一晃は不意に図々しい台詞を吐いた。

「だから、どうだというの」

「きみは変わったね。外見はほとんど変わらないのに、おそろしく強くなった」

一晃は嘆息するように言って、視線をおろした。私は薄く笑った。

「変ね。つい数時間前には、見かけは中年になっても心はまだ少女のままだと言われたのに」

「中年？　ひどい言いようだな。きみはまだまだ若いよ。俺は年をとったけど」

間があいた。一晃は少し不服そうに、

「ね、こういう場合、あなただって若いとかなんとか言うもんじゃないの」

私が予想した通りの言葉を言った。

「私、お世辞が言えない質なの」

「そこだけ昔のまんまか」

一晃は大袈裟に溜め息をついた。これも、予想された反応だ。一晃にしても、私の出方を予測して、最初の言葉を放ったにちがいない。私達は馴れ合っている、昔みたいに。

自分の心がのびやかにはばたいているのを感じた。

「その後、結婚とかは？」

「私？　昔の部屋に一人で住んでいるのを見たんだから、分かるでしょう」

「そうはいっても、結婚してからまた一人に戻るということもあるからね、俺みたいに」

「平田さん、結婚して離婚したの」

「うん。ふられた時はきみ一筋で一生貫こうと思ったけれど」ここで一晃は下手くそなウインクをした。「好きになってくれる人がいてね、ついふらふらと結婚してしまったんだ。二年しかもたなかったけれど」

「どうして別れたの。あ、聞いちゃ悪いかしら」

「いや、いいよ。まあ、いわゆる性格の不一致だよ」

「お子さんはいなかったの」

「一人。彼女が育てている」

一晃は、カップに残っていたコーヒーをなにかちがうものを飲むように飲み干した。

ひっそりとした沈黙がテーブルに落ちた。私と一晃の間に流れた時間を思った。この十五年、一晃はさまざまな経験を積み重ねたのだろう。

一晃だけではない。真由子だって、社内結婚をして子供を二人産んで、ニューヨークへ行ってしまった。冬美も三十六で独身主義を捨て、母親になった。美佐子はといえば、二十七歳で結婚して専業主婦になり、両親を亡くし、そして自分まで死んでしまった。

私の経験といえば、せいぜい会社を辞めて翻訳家になったくらいだ。私一人が停滞している。

コーヒー・カップがからになると、それで夕食は終わりになった。

「真由子は、平田さんにどんな依頼をしたのかしら」

最初に聞くべきだったことを、別れる間際になって聞いた。

「きみの身の安全だね」

感謝をとおりこして、呆れてしまう。

「真由子がそんな心配性だとは思わなかった」

「芦辺さんが殺されたのだと信じているからだろうね」

「それは私も信じているわ。平田さんはどう。玄人のご意見を聞かせて」

「殺人の捜査は、警察時代もいまも管轄外だから、玄人といっていいかどうか分からないな」

「そうはいっても、私達よりはずっと能力があるはずよ」

するると、一晃はおもむろに言い出した。

「実は、芦辺家の近所でいくらか聞き込みをしてみたんだ。三月十五日の深夜から十六日の末明にかけて、芦辺家でなにか物音がしなかったかどうか」

「それは、警察でも調べたことでしょう。調べて、なにもなかったから、事件にならなかった」

「彼らがまわったのは、せいぜい両隣だったようだよ」

「じゃあ、両隣以外のご近所で、なにか物音を聞いた人がいたのね」

「いや、いなかった。深夜に人が出入りしているのを目撃した人もいない」

なんだ、という言葉が口から出かかった。

「ただ、あの日芦辺家にどうして炭があったのかは分かった」

「どうしてなの」

「十四日の日曜日、あの日はぽかぽか陽気だったけれど、芦辺家は昼間に、庭でバーベキューをやったんだ。炭はその時の残りだろう」

「十四日には、美佐子のご主人は実家に帰っていたはずよ。美佐子一人でバーベキューなんかやるかしら」

「一人じゃない。数人の若者が一緒だったそうだよ。彼らのうちの一人は、最近よく芦辺家に出入りしていたらしい」

「出入りが頻繁だったのは甥の進矢だと思うけれど、ほかの若者は進矢の同級生かしら」

「だろうね。その日の夜半には、若者達がにぎやかに帰っていく様子も目撃されている。どちらの場面でも芦辺さんはとても楽しそうで、まさかそれから間もなく亡くなるなんて思わなかった、と目撃した近所の主婦は証言していたよ」

春の日差しの中で高校生に囲まれてバーベキューをしている美佐子の姿が脳裏に浮かんだ。美佐子は、私が見たことのない性質の微笑をたたえていたにちがいない。

嫉妬に似た痛みが胸をかすめたが、誰にむけられた嫉妬なのか、見極めがつかない。

「だから」と、一晃は一言一言確かめるように言った。「芦辺さんの死は九十九・九パーセント自殺ではないだろう。つまり俺は、その亡くなっている時の様子から真っ先に自殺の可能性を疑ったのだけれど。炭火で事故死するにはあの夜はさして寒くなかったし」

一晃は、私を真剣な眼差しで見た。

「そして、だからこそ俺はきみに忠告するんだ。泉に気をつけたほうがいい。できれば、もう二度と家に入れるな、と」

私は知らないうちに首をふっていた。

「泉は犯人じゃないわ。犯人は美佐子の夫か義理の甥、あるいは第三者。とにかく泉はちがう」

一晃はなにも言わなかった。もの思わしげな様子でコーヒー・カップを手にとり、中身がないと知って、水のグラスに口をつけた。

私達はレストランを出て、右と左に別れた。真由子が依頼した私の身辺警護はいつまでだったのだろう。聞くのを忘れたことに気づいたのは、別れたあとだった。今日一日かぎりのことだったから、一晃は右の道を行ったのか、それともひそかにガードするためにわざわざ一度私の眼前から消えたのか。もしいまも私を尾けているのだとしたら、一晃の尾行はずいぶんうまい。そう思いながら家路をたどった。

2

あまりにいろいろなことがあって、駅からマンションまで二十分以上も歩く気力が削がれていた。駅を出ると、バス停で時刻表を調べた。あと五分ほどで来るらしいので、バスで帰ることにした。サラリーマンの長い列の最後尾につく。

考えることは山のようにあったけれど、くたびれ果てた頭に浮かんでくるのは、少年達に囲まれてバーベキューを楽しんでいる美佐子の姿ばかりだった。

美佐子は、清潔感漂う白いブラウスに、お気に入りの花柄のエプロンをつけていたにちがいない。そして、「女なんて、気のもちようでいくらでもきれいになれると思わない」と私達に言った時そのままの自信に満ちた微笑をふりまいていたにちがいない。見てきたように思い浮かべることができる。

しかし、彼女を囲んでいる少年達の眼差しに宿っているものがなんなのか、分からない。母親を見る子供の信頼感か、それとも雌蕊を取り巻く雄蕊の淫蕩か、そこが分からない。その場にくわわっていないはずの泉の視線ならば、これはもうはっきりと母親を見る信頼感だといえるのだけれど。

不意に、知覚が外界へむけて開いた。むこうから駅へむかってくる人物をとらえた。あの長身は、進矢だ。

バス待ちの列を離れ、彼のほうへ走った。

「高畠さん、待って」

進矢はぐんぐん歩いていく。それでも、自動券売機の前でつかまえることができた。

「三島から戻っていたのね。会えてよかった」

進矢はうっすらと目を細めて、迷惑そうな表情になった。

「ああ、広瀬さんでしたっけ。なにか用ですか」

「ずっと話がしたかったのよ。森本さんからもそういうメールが行っているでしょう、私にあなたの連絡先を教えていいかどうか、問い合わせたメール」

「いや、とくに」

「え。そんなはずはないんだけれど」

まあ、いい。この年ごろは面倒くさいことはすべてそんなふうに答えるものだ。そう思ってやりすごそうとしている私の耳を、進矢は打った。

「森本は嘘つきだから」

「どういう意味」

思わず語気を強めて問いただす。進矢はちょっとバツの悪そうな顔をした。

「嘘つきは嘘つき。それ以上の意味はないです」

「森本さんが嘘をついた例をなにか挙げられる？」

「そんなことといちいち覚えていませんよ。あいつは無数に嘘をつくんだから」

「たいしたことないってわけね。あまり安直に友達を嘘つきよばわりしないほうがいいんじゃない」

「失礼だな。それじゃまるで僕が嘘つきみたいだ」

進矢は懸命の態で指を折った。

「電車が遅れた、目覚まし時計がとまっていた、母親が病気した、迷子を交番に連れていった……」

　呆れ返って、途中で遮った。

「それって、遅刻した時の言い訳？」

「そう。といっても、森本が遅刻をしまくるのは現国の時だけだけど。よくあんなに次から次に嘘の言い訳がひねりだせると、みんなで感心しているくらい」

「どうせその先生にもバレバレでしょうに」

「ま、そうだけど、試験じゃいつも満点をとるから、落第させられることはないでしょうね。ヤな教師だから、けっこうみんな、イケイケって感じで応援しているし」

「いつも満点なんて、ずいぶんできるのね」

「本人はＩＱ１６０だから、勉強なんか必要ないんだって言っているけれど、それは正真正銘の嘘でしょう」

　どちらにしろ、非難されるような嘘だとは思えない。

「あ、そうだ。正真正銘の嘘といえば、あいつ、高校に入ったばかりのころ、中学時代にひったくりをつかまえたと吹聴（ふいちょう）したことがあって」

「ひったくり？」

「そう。ワールドカップのチケットをやっとのことで手に入れた帰り道、ひったくりに遭って、追いかけて戦って奪いかえした、って。こんなかわいい顔でそんな話ありかよと思ったけど、合気道の型まで披露したんで、みんな信じちゃって。でも、僕、あいつの兄貴と親しい兄貴のいる奴から、真相を聞いたんですよ。奪いかえすどころか、散々殴られて泣き寝入り。合気道を習ったのはその事件のあとで、でもあんまりコーチにしごかれるものだから、一カ月でやめちゃったって」

「かわいそう……」

「ん？　ま、そうともいえるけど、事実とちがうことを吹聴することはないでしょう」

「きっと、ｉｆの世界を語ったのよ。それに、女の子っぽい顔立ちだから、必要以上に強がりたいということもあるんじゃないの」

　進矢はずっこける仕草をした。

「あいつ、本当にオバサン族の同情をひくんだな」

　無遠慮につぶやくと、券売機にむき直り、切符を買った。

　まだ本来進矢に聞こうと思っていたことを聞いていない。

「叔父さんには愛人がいるの」

「え、知りませんよ、そんなこと」

「だって、芦辺さんの家ではじめて出会った時、高畠さんは叔父さんにむかって、もう女を連れ込んだの、みたいなことを言っていたでしょう」

「冗談ですよ、ただの。叔父さん、真面目な人だもの。美佐子を泣かすようなことはしないと思う」

「でも、美佐子はおたくの親族が倒れてもお見舞いにも行かないし、叔父さんが不満に思うことはいっぱいあったと思うのよ」

進矢は肩をすくめた。そんなことを僕に言われても困る、という表情だ。確かに、高校生に中年夫婦の心の機微を分かれと言っても無理か。

「じゃ」

進矢は改札口へむかって歩きだした。私も進矢と一緒に歩を進めた。

「そういえば、十四日には高校のお友達数人で美佐子のところへ行って、バーベキュー・パーティを開いたんですって」

「十四日？」

「日曜日。叔父さんがおばあさまの介護に三島に帰っていた時」

「ああ。あれは僕、参加していないんですよ。祖父母が倒れて、叔父さんが大おばあちゃんの介護に行っているのに、僕だけがバーベキュー・パーティもないでしょう。叔父さんと一緒に三島に帰りました。ただ、前からの約束で、森本がバーベキュー・パーティをとても楽しみにしていたんで、美佐子はこちらに残って実行したんですよ」

「森本さんがバーベキュー・パーティに参加した？」

「僕よりも森本のほうが美佐子の熱心なファンだったから。あいつ、そう言っていませんでしたか」

私は呆然と首をふった。泉は、美佐子には一度しか会ったことがないと言っていたのに。

しかし、そういえば、泉が美佐子をよく知っていたと思われる徴候がなくはなかった。たとえば、うちのバルコニーの下に男（一晃だったわけだ）が立ちつくしていた直後の会話、私が「ロミオは美佐子の役どころですもの」と言っても、泉はなにも質問せずに「ジュリエットなの、麻子は」と返したあたり、美佐子が高校時代にロミオを演じたことを知っていたといえそうだ。裏をかえせば、そういう昔話をするほど、美佐子は泉をかわいがっていたのだ。

「でも、どうして。森本さんは自宅通いでしょう。お母さんだって、家庭的な人なんじゃないの。なにも他人の美佐子に懐かなくても」

「お袋さんは泉を嫌っているとかなんとか言っていたけれど、本当のところは分からない。もう行きますよ」

「待って。もうひとつ。心中ゲームを知っている？」

「なんですか、それは」

「おたくの学校でひそかに流行っているらしい、年上の女性をたぶらかして死に追いやるゲームよ」

「聞いたこともないです」

という返事を、私は深い穴に足をとられた気分で聞いた。進矢が情報通ではないというだけのことかもしれない、と思い直そうとはしたけれど。

進矢は改札口を入っていった。私はひきとめる気力もなく、身軽に階段を駆けあがっていく進矢の背中を見送った。

3

疲れ果てて家にたどりつくと、ドアノブに紙袋がぶらさがっていた。私にも見覚えのある、泉の学校のシンボルマークが印刷された紙袋である。泉がなにかを置いていったのだ。探偵も友人も嘘つきだと指摘し、そして私自身いまはもう嘘つきだと信じかけている泉が。

覗いてみると、紙袋には不似合いな桐の箱が入っていた。紙袋ごと持ちあげると、軽かった。お菓子でもなければ爆弾でもないだろう。

家に入り、着替えをすませるのももどかしく、袋の中を確認する。

桐の箱には紐がかけられている。紐をとき、蓋をはずすと、中世の小袖のような柄の布で包まれたものが入っていた。箱に入れたまま布を開く。

出てきたのは、能面だった。小面、というのだろうか。美しい女面である。涼やかな目でこちらを見ている。

泉の家は資産家だという。この能面も、由緒正しいものにちがいない。森本家の家宝ということだってありそうだ。

泉は、どうしてこんなものを持ってきたのだろう。家から盗み出して、私のところに隠そうとした？　なんのために？　両親への嫌がらせかなにか？　なんにしろ、あまり手を触れないほうがよさそうだ。

布をかけ直そうとして、ふっとなにかが心をかすめた。布が面に影を作った瞬間に、面の表情が変わったのだ。涼やかな目に、悲しみが満ちた。箱に閉じ込められるのが嫌なのだろうか。

束の間、迷ったけれど、むしろ薄気味悪さが胸にのぼってきて、急いで布をかけ、蓋をした。古い人形とか面というのは、あまり気持ちのいいものではない。桐の箱を、サイドボードの花瓶の隣に置く。

だが、最前心をかすめたのは、能面の感情ではない。人形や面が気持ち悪いということでもない。もっとちがうなにかだ。しかし、なんなのかつかめない。苛立ちを感じながら、携帯電話のダイアルを押した。泉の番号だ。

「この電話はただいま電波の届かない云々」というメッセージが流れてきた。

一体どこでなにをしているのだろう。高校生なら、一秒たりとも電波が途切れるのは許せないというように、電車だろうとどこだろうと携帯とにらめっこしていてもいいはずなのに。

反面、心は安堵していた。能面のことを尋ねなければと電話をかけたけれど、泉に発する言葉はそれだけですみそうになかった。話のなりゆきで、あなた嘘つきなのね、ストレートにそう言ってしまわないともかぎらない。

泉はどれだけ私を騙しただろう。指を折って数えた。

まず、家族のことで嘘をついた。父親がいないと言ったし、母親が毎夜外出してほかの男のベッドで寝ているとも言った。さらには、異母きょうだいが数人いるとも言った。

それから、美佐子とは一度会っただけだ、と嘘をついた。そして、亡くなる前日にも会っているのに、一言も言わなかった。沈黙の嘘というものがあるなら、それに当たるだろう。

さらに、泉を悪魔だと言った青年を、見知らぬ人だ、としらばっくれた。

それに、心中ゲームについて友人の進矢すら知らないところをみると、これも嘘だろう。

それから、男に襲われたと言っていた額の傷、これは狂言だった。

片手の指が埋まった。数えようによっては、それ以上になりそうだ。遅刻の言い訳などではない、どれもこれも悪質なものだ。なんのために泉はこんなに嘘をつかなければならないのだろう。虚言症なのだろうか。それとも、なにか目的があって、それを達成するための嘘なのだろうか。

目的ということで唯一考えられるのは、私の関心をひくためというものだ。たとえば、家庭が複雑だという嘘は、私の家庭の複雑さに合わせたものだろう。心中ゲームも、美佐子の死の真相を探る私の気をひくにはいい作り話だった。額の傷は私の同情をひいたし、関心もあおった。

とはいえ、美佐子に一度しか会ったことがないという嘘は、私の興味をそそるのにはまるで役に立たない。それに、そもそもなんのために泉が私の関心をひかなければならないのか分からない。

いや、私は分からないふりをしているだけだ。自分で自分を欺いても仕方がない。現実を直視しよう。

心中ゲームは、泉の作り話ではない。実在するゲームなのだ。編集者も探偵も同級生も知らないのは、それが泉の中だけで完結しているゲームだからだ。

泉は、心中ゲームのただ一人のプレーヤーだ。そして美佐子は、そのゲームの被害者だ。さらに私は、次の餌食として想定されている——一気にここまで想像が走って、大きく頭をふり動かした。

どうして泉がそんなゲームをしなければならないのだ。面白半分？

よろしい。高校生ならそういうこともあるかもしれない。しかし、泉は美佐子に懐いていたという。その美佐子を面白半分で死に追いやるだろうか。

第一、どうやって美佐子を死に誘導することができただろう。恋愛関係ならともかく、どうやら母子のような気持ちで接しあっていたみたいなのに。一緒に死のうと誘っても、美佐子の心はおいそれとは動かなかっただろう。それとも、私などでは考えつかない、なにかとっておきの秘策があったのだろうか。

もうひとつ、泉が私を心中ゲームの標的にしようと目論んでいるなら、ゲームについて自分から話すだろうか。ゲームを成功させるためには、相手に予備知識を与えないほうがいいにきまっている。むろん、泉がおそろしく浅薄で、自分の考案したゲームを誰かに吹聴したくてたまらなかったのならべつだけれど。

そうだ。泉は私の家庭が壊れたことに合わせて、自分の家が壊れていると言ったわけではない。家庭内のことは、泉が先に言い出したのだ。

だが、と、ここでも反論の材料に困らない。泉は美佐子から我が家のことを聞いていて、あらかじめそれに合った作り話を用意しておいただけかもしれない。そういえば、私は自分が翻訳家だとは名乗ったことがない。だが、泉は前もって私が自由業者だと知っていた節がある。美佐子から聞いていたからなのではないか。どうして美佐子が私のことをいろいろ泉にしゃべらなければならないのか、理由は不明だけれど。まあ、泉があの調子で、必要なことと不必要なこと、なんでも聞き出した可能性はある。

現実を直視しようとしたのに、現実自体が蜃気楼のようにつかみどころのないものとなった。泉をめぐっては、これという絶対確実な現実がない。それは結局、私が泉をよく知らないということなのかもしれない。

香代子に会ってみようか、と思いついた。思いつきはたちまち決意に変わった。明日、必ず森本家を訪ねよう。

決意すると、心が軽くなった。泉にまつわる疑問のすべてが、香代子に会うことで氷解しそうに思えた。

だが、軽快な気分は長く続かなかった。寝る前のメール・チェック、それが私をおかしくした。

メールは十通ほど来ていた。うち八件はなんてことのないものだった。だが、残りの二件は嵐だった。

まず一件目。妹のナオミからだった。会いたい、というのだ。四月二日に日本の化学会社を訪問する教授について来日する。個人的な時間を確保したので会いたい、一緒に旅行でもできればもっと嬉しい、という。

まだ一度も会ったことのない、半分だけ血を分けた妹。彼女にとうとう会う日が来るのだろうか。

ナオミは無邪気に会いたいと言っているけれど、私のほうは会いたいんだか会いたくないんだか分からない。母がこの話を聞いたら、また数週間毎日ねちっこく電話をよこすだろうということだけは、予測がつく。母は私を裏切りものだと思うだろう。

ナオミもせめて一カ月ぐらい前に連絡をくれればいいものを、わずか二日前だなんて。心の準備ができないじゃない。

頭を抱えながら、未開封のうち一番下にあったメールを開く。そのタイトルも差出人も確認せずに。

『復讐』

メールにはそうあった。ただ、ぽつんと『復讐』と。

息をつめて、その二文字を見つめる。涙が滲んで視界がぼやけるまで見つめつづける。

視界がぼやけたのを潮に目を動かし、件名と差出人を確かめた。件名は『Ｒｅ：ｒｅさっきはごめん』で、差出人はｍｉｓａ‐ａｓ＠……となっていた。そして差し出し日は、三月三十一日午前十時六分、今日だった。

これは、どう考えればいいのだろう。とうに燃やしてしまったはずの携帯のアドレスで届いたメール。

単純に考えれば、伸彦が美佐子の柩に携帯を入れなかったのだということだろう。そして、不埒にも美佐子になりかわって私にメールを送ってよこした。

だが、伸彦のしわざだと決めつけるには、その内容が奇妙すぎる。『復讐』の二文字で伸彦が私に伝えたいことなどあるものですか。

大きく息を吸って吐いてをくりかえした。そうしなければ、気が遠くなりそうだった。

これは、冥界の美佐子からのメールだ。美佐子は私に殺人犯への復讐を求めているのだ。

冥界からメールが届くなんて、まっとうな人間の考えることではない。私の頭の中の理性がそうささやく。けれど、私の心の大部分は信じろと叫んでいた。

指が、激しくキーボードを叩いた。

『犯人は誰。必ず復讐する。』

もし、泉の名前が返ってきたら……もちろん、私は泉に復讐する。相手が誰であろうと、私は約束を破らない。

すぐさま送信ボタンをクリックした。

4

翌日目覚めると、一番にメールをチェックした。美佐子からの返事は来ていなかった。いかにスピードを誇る電子メールでも、冥界と現世を往来するには時間がかかるのだろう。昨日の返事もこちらから出してから四日ほど来なかった。

返信に四日かかるものと思って行動することにする。朝食を軽くとり、外出した。

マンションを出る時、辺りを見回したが、一晃の姿は見当たらなかった。真由子との契約は昨日一日かぎりだったのだと思いたい。

泉の住まいは渋谷区にある。いわゆる高級住宅街である。昔は遊びにいく盛り場といえば渋谷・原宿だったけれど、最近は年に数回行くか行かないかだ。しかも、美術館や百貨店のすぐそばなのに、その一画へは一度も足を踏み入れたことがない。だから、まるきり不案内な土地だった。

その町は今日、ゴミの回収日だったらしい。あちらこちらに置かれたゴミ袋に烏がたかっていた。高級住宅街というにはいくぶん荒廃した臭いがする。それ以上に、烏の黒い姿に不吉な気配を感じたのは、ゆうべから私の神経が高ぶっているせいだろうか。

泉の家は、地域の奥まった場所にあった。それほど大きな敷地ではない。半地下のガレージがあり、その上に塀と一体化したような鉄筋コンクリートの建物がそびえている。牢固としているが、ひどく閉鎖的な印象を与える。ゴミを荒らす烏もいなかった。

勇んでここまで来たけれど、なんといって泉の母親に会おうか。はたと困った。まさか泉の同級生の母親だとも名乗れないし。第一、いま現在泉がこの家の中にいるのではないだろうか。

泉がすぐそばにいる、と考えつくと、急に心臓の動きが慌ただしくなった。泉がいま、いきなり家の中から出てきてもちっとも不思議ではないのだ。しかし、私は嘘つき泉と会う、なんの準備もできていない。

そう思った矢先に、頭上で玄関ドアの開く音がした。こつこつとヒールの音をたてて階段をおりてくる。泉ではなく、女性だ。門扉を開いて、その人が出てきた。

私は、泉の母親について、明確な像を思い描いていなかった。私よりも老けているけれど夜ごと外出するという泉の話と、ゴミを出す姿は家庭的だったという一晃の証言から、なんとなく濃い化粧とぽってりした肉体を想像していた。しかし、眼前に現れた女性は小柄で、首筋やウエストに余分な肉がつきすぎている様子はなかった。夕焼け色をした短めのカーディガンを羽織り、茶色っぽいスパッツをはいている。

香代子は視線に気づいたらしく、私をふりかえった。泉と見まがうほどよく似た顔立ちだった。濃い化粧というイメージだけは当たっていた。腕にチワワを抱いている。

「なにか」

と問う声は低かったけれど、しなう鞭（むち）のような響きがあった。反射的に母の顔が頭にのぼった。どんな母親でも少しは癇（かん）の強いところがあるものだけれど、香代子は私の母並みのヒステリーではないか、そんな気がした。

私は半分逃げ腰になりながら、会釈した。

「泉君、いらっしゃいますか」

自分でも予想しなかった言葉を口にしている。

香代子は、私が末っ子の知り合いと知って愛想笑いを浮かべるどころか、渋面した。

「なにかご用ですか」

「ええ、ちょっと」

笑顔と便利な日本語で誤魔化そうとしたが、香代子はひっかからない。

「どなたです」

「知り合いの知り合いです」

香代子の表情はますます険しくなってくる。おまけに、腕の中の犬がうるさく鳴きだした。

「泉はおりません。失礼」

香代子は犬を道路におろし、私に背をむけて歩きだした。

これではどんな友好的な関係も築けそうもない。それならいっそ。

「泉君にお父さんがいないというのは、どういう意味です」

香代子の足がとまった。

「あなたが毎日のように朝帰りで、その理由はほかの男のベッドで寝ているからだというのは本当ですか」

香代子はふりむいた。その顔は赤鬼のようだった。つかつかとこちらに戻ってきた。

私は逃げたかったけれど、その場に足を踏ん張っていた。

「泉君は家庭に飢えています」

「そんなこと、見ず知らずの方に言われる筋合いはありません」

意外にも感情を抑えた声だった。近所の耳目を意識したのだろうか。私の母親なら、どんな場所であっても切れる時は切れたものだけれど。

「失礼いたしました。どうしても、泉君の家庭の状況を知りたかったものですから」

「そして、家庭に飢えた泉をひきとってくださるとでも？」

「ひきとったほうがよろしいんですか」

香代子は居丈高に頭をそらせた。

「勝手にしてください。あの子には手を焼いています。この七年、父親にも兄にもまったく懐かないくせに、家庭に飢えているだなんて」

この七年というと、父と兄は七年前に新たに登場したということか。

「お父さんとお兄さんは、泉君と血がつながっていないということですね」

「だからどうだっていうんです。私はあの子にはちゃんと愛情を注いで育ててきました」

「人の命をおもちゃにする子には育てなかったという自信はありますか」

「なんですって」

香代子は、堪忍袋に限界がきているような声をあげた。しゃべりすぎた。

「すみませんでした」

踵を返して逃げ出した。香代子がどんな顔をして私を見送っているか、確かめる勇気はなかった。ただひたすら、背中に香代子の視線が痛い。

香代子の目が届かなくなったところで、私はやっと歩調をゆるめた。見知らぬ女からあんな言葉を投げつけられて、香代子はずいぶん傷ついただろう。そうやって、私が手に入れた泉の断片。

香代子は、泉を連れて森本貴一と再婚したらしい。したがって、父親がいないという言葉は、泉の観念の上では真実なのだろう。嘘ではなかった言葉がひとつ。

しかし、香代子は平気で朝帰りするタイプには見えない。嘘だった言葉がひとつ。

香代子も泉をもてあましているみたいだし、泉が「悪魔」である可能性は否定できそうもない。

「あの」

突然背後で声がして、飛び上がりそうになった。ふりかえると、化粧むらが見えるほど間近に香代子が立っていた。

香代子はすでに怒りの矛(ほこ)をおさめ、むしろ沈んだ様子をしていた。

「ちょっとお話がしたいんです。近くの喫茶店へ行きませんか」

「はい」

「犬を家に置いてきます」

香代子は先に立って歩きだした。

追いかけられていた気配がまったくなかったのに、香代子が背後に立っていたわけが分かった。二度も曲がって歩道のある広い通りに出たと思っていたけれど、その一角は三角形をなしていて、私は三角形の短い辺から長い辺へ沿って歩き、そしてもうひとつの短い辺に続く道路へ出ただけで、それは逆回りで散歩をしていた香代子が歩いていた道だったのだ。

香代子は犬と散歩していたそのままの軽装に、黄色いセカンドバッグだけ手にして戻ってきた。そこから五分も行くと、渋谷の繁華街のはしに到達する。

私達は東急文化村の喫茶室でむかいあった。私は、怪しいものではないことを示すために、翻訳家としての名刺をさしだした。香代子はそれをためつすがめつしながら、

「泉がなにか問題を起こしたんでしょうか」

性急な口ぶりで聞いた。

「心中ゲームという言葉を聞いたことはありませんか」

「いいえ。泉がそういうゲームで遊んでいるんですか。あまり愉快なゲームではなさそうですね」

「ええ、とても腹立たしいゲームです」

私は、もう何度も説明して手慣れてしまったゲームの内容を、香代子に話した。香代子は、表情を消した顔で聞いていた。

「それで、泉がそのゲームにくわわっているんですね」

「まだ確定したわけではありません。ただ、私の親友の死が、そのゲームにかかわっているように思えてならないのです」

香代子の目のふちの筋肉が細かく痙攣した。怒りとも不安ともつかない感情が浮かんで消えた。

「それで、私はなんとかして泉君がそんな悪い子じゃないということを証明したいと思って、森本さんからお話をうかがいたかったんです。泉君は決して人が死ぬのを見て喜ぶような少年ではありませんよね」

「ええ、そりゃあ、そうですわ」

香代子は、立て板に水の調子でしゃべりはじめた。

「さっきあんなことを申しましたけれど、春休みの間じゅうお勉強もしないでふらふらしていたので、腹を立てていただけで、べつに手を焼くような子ではありません。とくにお勉強する必要もないほど成績はいいんですが、ほら、親心というのは、這えば立て、立てば歩め、というところがありますでしょう。父親や兄とは血がつながってはいませんが、一緒に暮らすようになってからずっと和気藹々とやっています。とくに下の兄とは年も近いので、仲よしなんですよ」

一体、この人はなにを言い出したのだろう。

「私が毎日のように朝帰りで、しかも浮気しているなんていうことはまったく出鱈目です。泉がなんでそんな出鱈目を言ったのかは分かりませんが、多分そういう不幸に憧れているということなんじゃないでしょうか。最近の子はなんにつけても恵まれていますから、逆にドラマチックな不幸に憧れることもあるんだと思います」

ぐいと私にむかって身を乗り出し、

「泉は人の命をおもちゃにするような子ではありません。それは母親の私が保証します。お友達は泉とはかかわりのないところで亡くなられたのだと思いますが、でも、本当にお気の毒でしたわね。これ」

と、セカンドバッグから白い封筒を出した。

「急だったので、封筒で失礼いたします。お花料としてお受けとりください」

「は？」

「お友達のお花料です。どうぞ、遠慮なさらずに」

唇は柔和にほほえみつつ、目には凄味のようなものをちらつかせて、香代子は封筒を私のほうへ押しやった。

私はお花料の意味を理解できず、封筒と香代子を漫然と見比べた。

香代子は立ち上がり、深々と頭を下げた。

「では、よろしくお願いします」

香代子は喫茶室を出ていった。勘定書の横に千円札が一枚、添えられていたが、香代子は注文したコーヒーには口もつけていない。

封筒の中を覗いてみた。一万円札が十枚入っていた。お花料もなにも、これは口どめ料のようなものなのではないか。やっと、察しがついた。私は、強請（ゆすり）とまちがえられたのだ。全身が火をつけられたように熱くなった。

封筒をつかんでびっくり人形のように立ち上がり、香代子を追いかけようとして、支払いをすませていないことを思い出し、レジに立ちよった。

支払いをすませる一、二分の間に、体から熱さが退いていった。かわって、寒々とした思いが胸に満ちた。

泉がこれまでの短い人生でどれだけ厄介ごとを仕出かしてきたのかは、知らない。しかし、香代子は泉がなにかをするたびに、背後でこうやってお金を使ってきたのだろう。

泉を叱（しか）ることはしただろうか。泉にお金で後始末をつけていることを知らせているだろうか。そのどちらも否だという気がする。

私だったら、こんな母親はほしくない。泉だって、ほしくないのではないだろうか。子供がなにをやったかやらなかったか、本人に確かめもせず、ひたすら事件が表沙汰（おもてざた）にならないためにだけ動く母親など、親という名に値しない。

泉の家は知っているのだから、封筒を直接返しにいくこともできる。しかし、さらなる強請に来たと勘繰られないともかぎらない。書留郵便で送り返そう。

郵便局へ行くために、外へ出た。春爛漫のお花見日和なのに、気分は谷底を這うようだった。

5

マンションに帰ると、郵便受に宅配便が入っていた。美佐子が亡くなった夜、そうとは知らずに翻訳していたノンフィクションのゲラである。一週間ほどで校正して返却しなければならない。どんな状況下にあっても、人間、生きていくかぎりは経済活動をやめられないのだ。ずっしりと重く感じられるA4判用封筒を手に、居間へ入る。

封筒をそのままテーブルに置いて、すぐにパソコンのメールをチェックした。美佐子からの返事はまだだった。返信には四日かかるのだ。今朝そう自分に言いきかせたのに、その四日があまりに長く感じられる。

なんだか疲れたな。もういっそ美佐子のところへ行きたいよ。

その思いをそのままｍｉｓａ‐ａｓ＠……宛てにメールする。これを美佐子が読んで返事をくれるまでには、さらに四日かかるのだろう。心が干からびそうだ。

仕事をする気にはまったくなれず、テレビをつけてソファに寝そべっていた。テレビによれば、世の中は、私と同じくらい暗澹としていた。私の精神世界をそっくり映したかのようだ。それはそうだ。世界は私の頭の内部にある。私が目茶苦茶なら、世界も目茶苦茶になる。世界を明るくするために、近くの店になにか面白いビデオを借りにいこうかとも思ったが、大儀だった。

缶ビールを二缶あけた。もっと飲みたかったけれど、家にはそれしかなかった。もちろん買いに出る気力はなかった。

携帯電話が鳴りだしたのは午後八時をだいぶすぎたころだった。

ディスプレイには泉の電話番号が表示されている。まるで恋人に会う直前のように胸が高鳴った。深呼吸をひとつしてから、通話ボタンを押す。

「もしもし」いつもと同じ屈託のない声だ。「いまどこ」

「家よ」

「よかった。じゃ、あと十五分で行くから」

あ、待って、と言う前に、電話は切れていた。

　泉が来る、こんな時間に。また泊まる気だろうか。部屋の中をうろつきまわり、ビール缶を片づけたり、屑箱に消臭剤をふりかけたり、鏡を覗いたりした。

　十五分など、あっという間に経つ。私はまだ泉に対処する方法を思いつかなかった。しかし、チャイムが鳴った瞬間に、覚悟を決めた。なるようにしかならない。

　携帯に出る前と同様深呼吸をしてから、ドアを開いた。嘘つき泉が、これまで通り馴れ馴れしく玄関に入ってきた。重そうなズックの鞄を提げている。それを三和土に置いて、

「なんだか一年も来なかった気がする」

と、我がもの顔で奥へ入っていった。

「ああ、ここが一番休まる」

　ソファに座り、長い手足で伸びをする。

　私は胸のときめきをなんとか抑えると、両手を腰に当てて、足をつっぱらかせて、泉の正面に立った。

「今日はなんの用？」

「用がなければ来ちゃいけないの」

　泉は心外そうに私を見上げる。

「来てもいいけれど、こんな時間には困るわ。また泊めなければならないでしょう」

「泊まっちゃいけない？　眠る気はないよ。まだこの間のマンガを読み終わっていないし、物置、じゃなくて書庫にはほかにも読みたいマンガがたくさんあるから、眠る時間なんかないよ」

ここで譲歩してはいけない。

「本が読みたいなら、いくらでも貸してあげるわ」

私は、書庫から「残酷な神が支配する」を出して泉にわたそうとした。泉は唇をつきだして、手は出さない。

「なんとしても、僕を帰したいわけだ」

「高校生はちゃんと自分の家で寝なきゃいけないのよ」

「家なんてないも同然だよ」

「嘘ばっかり」

とうとうその単語を口にしてしまった。泉はふくれっ面から驚き顔に変わった。

「なにが嘘だって」

「お父さんは病院の院長さんですってね。仲のいいお兄さんが二人、お母さんだって夜遊びをしていそうもないわ。立派な家庭があるじゃない」

「なんでそう思うの」

「今日、お宅へ行ったわ。お母さんから聞いていない？」

「香代子と会ったの。そりゃあ、すごい。僕はもう十日も顔を合わせていないのに。元気にしていた？」

「ええ、お元気そうだったわよ」

あの会見を思い出し、苦い気分になった。

「麻子になにか嫌なことをしたんじゃないの」

「そんなことないわよ」

「でもいま、そういう顔をしたよ」

「とにかく、家族のもとに帰りなさい」

「家族じゃないってば」

泉は頰を朱にそめ、頑固に言った。

「貴一は僕と血がつながっていないし、上の二人は貴一の息子だ。で、香代子はあの三人と家族になる決意をした時に、自分の息子のことは心の外に捨て去った」

そんなはずはないでしょう、とは言えなかった。私の父も、新しい家族をつくった時に、いや、それ以前、母との関係がまずくなったころから、私を心の外に捨てた。もちろん、養育費や大学までの学費を出してくれたし、このマンションを買う資金も貸してくれた。だがそれは、なんでもお金で解決しようとする香代子と共通した発想からだろう。

頭を撫でてくれた大きな手、頬ずりをされた時の煙草（タバコ）臭かった息、歩けないと駄々をこねて背負ってもらった背中の広さ、そういったものがすべてお金に置き換わってしまった時、どんなに子供の心が闇（やみ）をためこむか、親は知っているだろうか。

仁王立ちをやめ、泉の隣に座った。

「実のお父さんとの交流はないの」

「ない。香代子は不倫の恋で僕を生んだからね。むこうには奥さんも子供もいて、僕は認知なんかされていない」

泉はもう怒りの失せた、快活といっていいような口調でしゃべった。

「実の父親に会ったのは、小学校二、三年の時、一度きり。香代子は看護婦さんだったんで、僕はほとんどいつも一人で留守番して、どこにも遊びにいったことがなかったんだけど、ある日いきなり動物園へ連れていかれたんだ、上野の。で、そこで男の人と落ち合って、一緒に動物を見てまわって、お昼に文化会館のレストランでカレーを食べた。香代子が彼を父親だって教えてくれたのは別れたあとなんだけど、その前からなんとなく感じてはいたよ。香代子がひどくそわそわしていたし、男の僕を見る目が妙に湿っぽかったからね。僕は二人の間でなんか気を使っちゃったね、わざと子供っぽく振る舞ったりして。ま、子供ではあったんだけど」

　泉は小さく乾いた笑い声をあげた。

「父親はいい男だったよ。香代子が好きになるのも無理もない。子供心にもそう思った。だからその一年くらいあとに香代子が、今度お父さんと暮らすことになった、お兄さんも一緒だよって言った時は、嬉しかったね。てっきり実の父親が奥さんと別れて香代子と結婚するんだと思ったから」

　泉はちらと私の横顔に視線をよこした。私は首をふった。私の家庭の問題など、いちいち気にすることはない。

「でも、実際にはちがったのね」

「そう。香代子のやつ、あの時、僕の父親と別れたんだな。それで、勤め先の病院長の玉の輿に乗る決意をしたってわけ」

「森本さんのことが好きになったのかもしれないわよ」

「そんなことあるもんか。あんな品性下劣なサル。あれはもう絶対、女手ひとつで子供を育てるのが嫌になったんだよ。それで、奥さんに死なれて間もない資産家の男に食らいついたんだ」

「そうだとしても、香代子さんを責められるかしら。女が一人で生きていくのって、大変よ。

まして、子供がいたりしたら」

「僕はいい子にしていたんだ。看護婦なんだから、食べていくくらいできたはずだよ。贅沢(ぜいたく)はできなかっただろうけど」

「お金だけじゃなくて、子供にはやはりお父さんが必要だと考えたのかもしれない」

泉の横顔を傷のような笑いが走った。

「僕のためなら、もっと小さい時に結婚していたよ。香代子の夜勤の日に預けられていたのが鬼婆(おにばば)のような女のところでね。あのおばちゃんのところに泊まるくらいなら一人でいると言いつづけて、五歳の時にやっと鬼から解放されたんだ。もっとも、そのかわり真っ暗な夜にもずっと一人ですごす羽目になったけれどね。夜中に目が覚めてトイレに行く時なんか、恐(こわ)かったな。僕って、けっこう弱虫だったんだ」

「鬼婆って、なにをされたの」

「この年になるとたいしたことじゃない。ご飯を食べるのが遅いと途中で全部さげられるとか、音をたてると殴られるとか」

淡々と語るのが、かえって胸に響いた。抱きしめて頭を撫でてあげたい。いま眼前の少年相手では、なんの役にも立たないと笑われるのが落ちだろうけれど。

「で、独りぼっちの真夜中も恐くなくなったころに、尊大な人間達との同居だからね。がっくりくるよ。中学一、二年のころはちょこまかした悪さをして、そのたびに香代子に尻拭いをさせていた。我ながらガキだったな、あんなことで鬱憤晴らししていたなんて」

ちょこまかした悪さについて尋ねていいものかどうか迷っていると、唐突に泉は話を戻した。

「で、僕のどこが嘘ばっかりだって？」

へどもどしながら答えた。

「ええと、少なくとも、香代子さんが朝帰りをしているというのは嘘でしょう」

「朝帰りも同然だよ、正当な夫じゃない男の部屋で寝ているんだから」

香代子の行為を認めてあげなさい、とは言いにくかった。私だって、父親とその恋人のことを認める、というよりも諦めるのに、長い時間がかかったのだ。少なくとも、泉の年齢時にはまだ許すことができなかった。

もっとも、香代子は既婚者とではなく妻を失った男性と結婚したのだから、非難される選択ではないとは思うのだけれども。それとも、そこに愛がないのだとしたら、やはりまちがったことなのか。

私は、年齢を重ねて純粋でなくなったのかもしれない。美佐子が愛しているとも思えない伸彦と結婚しようとした時、反対したくてたまらなかったころから考えれば。

「ほかにも嘘をついているわよ」

「どんな」

「日生劇場であなたを悪魔だと言った青年。全然知らない人だと言ったけれど、一緒にご飯を食べるような仲だったのでしょう」

「へえ、どうやって知ったの」

「そりゃ、私だっていろいろ手段をもっているわよ。なんで知らないなんて言ったの」

泉は舌でちろっと唇を嘗めた。

「面倒くさかったからね。説明するほどの関係じゃないし。あいつ、僕を女の子とまちがえてナンパしようとしたんだ。はじめ面白くて女の子のふりをしたら、男だと分かったあともつきまとってね。暇な時は飯につきあうくらいはしてやるよ。あの日は日生劇場までついてくるっていうから、麻子の観劇にちょっと刺激を添えようとして、芝居させようとしたんだけれど、あいつ、馬鹿だから途中で台詞を忘れてしまって。僕を悪魔だと言えとは指示していないよ。それはあいつの自主性。僕、反省すべきかな——麻子、目が点になっている」

「ああ、そう？　ま、ちょっとびっくりしたから」

「でも、納得してくれたんだね。よかった」

泉が無邪気な笑みをこぼしかけたので、私は慌てて言った。

「まだあるのよ。ゆうべ偶然、進矢と会ったわ。進矢は、あなたのほうが美佐子の熱心なファンだったって。あなた、私には美佐子と会ったのは一度きりだと言ったでしょう」

「そうだね。そう言ったけれど、あれは嘘も方便てやつでね」

どんな言い逃れがその唇から紡（つむ）ぎ出されるのだろう。男にしてはぽってりした唇を注視しようとすると、すいと泉は立ち上がった。

「あ、こんなところにあった」

サイドボード上の桐の箱を手にとった。

「中を見た？」

「見たわ。でも、泉、話をそらさないで」

「そらしていないよ。関係のあることだから、説明しないと」

「その能面が？」

「そうだよ」

泉は床にひざまずいて、桐の箱を開いた。箱の中から巾に包まれた面をとりだすのを、私はなんだか不吉な思いで眺めていた。

「それって、おうちの家宝かなんかじゃないの。黙って持ち出していいの」

「かまうもんか。香代子も貴一も、なくなっていることさえ気がついていないよ。ほら」

と、泉は面をつけて立ち上がった。

私は息を飲んだ。部屋に巣くう生活感をおしのけて、泉の周辺だけ異質な空間が出現した。そこだけ花畑のようにきらきらとしている。しかし、小面から想像される小菊や菫（すみれ）といった可憐（かれん）な花が咲きつどう美しさではなく、マンジュシャゲのような毒のある花が咲き乱れる美しさだ。

泉は私のもとに戻ってきて、足もとに座った。

「どう見える。泣いている、笑っている？」

「笑っているのでしょう」

「じゃあ、今度は」

泉が立ち上がったので、私は見上げる格好になった。

突然、泉がなにをしようとしているのか悟った。私は震えそうになった。やっとのことで言った。

「苦しんでいるわ」

「麻子はあの日、この角度から、美佐子の死に顔を見た？」

「いいえ……ええ……いいえ」

記憶が千々に乱れて、正確に思い出せない。

泉は、面の下から素顔を見せた。しんと寂しい色の目をしていた。

「だから、麻子は美佐子の死を見誤ったんだよ」

「美佐子が苦悶の表情で死んでいたというの」

泉はうなずく。私は激しく体を揺さぶった。

「見てもいないくせに」

「見たさ」

「嘘」

「嘘じゃない。美佐子の家を訪ねたんだ、あの日の夕方」

私は無言で先をうながした。泉はふたたび能面をつけ、その下でしゃべった。風のない湖面のような静かな声だった。

「月曜日の夜、美佐子から変なメールが来たんだ。それで、気になったんで、火曜の夕方に訪ねた。その日は学校は午前中で終わりだったんだけれど、夕方にしたのは、まあ、この時間ならついでに夕飯もご馳走になれるかもしれないという、下心があったからなんだ。でも、美佐子は夕飯の支度なんかできる状態じゃなかった。障子や戸をガムテープで目張りした和室で冷たくなっていた。目尻に涙の跡を残して」

障子や戸にガムテープが張ってあったのは見なかった。伸彦がとってしまったのだろうか。

だが、それよりもなによりも、衝撃を受けたのは涙の跡という一言だった。

「美佐子が泣いていたというの」

「ああ」

「私が駆けつけた時、そんな跡などどこにも見当たらなかったわ」

泉は知らないというふうに首をふった。

美佐子は泣きながら死んでいったのか。

惨（むご）い。笑顔で死の世界へ旅立ったと思えばこそ、まだしも穏やかな気持ちでいられたのだ、と気づいた。死にたくないのに死んだのなら、あんまり惨い。辛（つら）い。悲しい。いくら言葉を並べても、この気持ちを言い表すことなどできない。

「大丈夫、麻子」

泉が私の頰を撫でた。私はその手をはねのけた。

「ねえ、私は無条件であなたの話を信じなければならないの」

「信じたくない？」

「そもそも美佐子から行った変なメールというのは、どういうものなの」

泉は溜め息をつくように言った。

「さようなら」

「その前になにかあるのでしょう。話せないの」

「ない。さようなら、それだけ」

さようなら、別れの言葉。泉にその言葉を送ったというのか。けれど、美佐子は私にはなんのメールもよこさなかった。そんな薄情な話があるだろうか。私達は一番の親友だったはずなのに。

美佐子にとって、泉はなんだったのだろう。愛する甥の友人、自分を母親のように慕ってくれる少年、それ以上のなにかだとは思えないのに。

「伸彦が帰宅した時、家には鍵がかかっていたのよ。あなたはどうやって入ったの。スペア・キーを持っているの。美佐子とそういう関係なの」

「鍵はかかっていなかった。僕もあけたまま家を出た。進矢とちがってスペア・キーを持たされる身分じゃなかったからね。その間に誰かが来て施錠したのか、それとも伸彦が嘘をついたのか、どっちかだよ」

もっともらしい答えだ。だが、それが真実だなんて、どうしていえるだろう。泉は能面の陰に隠れてしまっていて、顔色を読みとることさえできないのだ。

「夕方、美佐子の家に行ったと言ったわね。美佐子の遺体を発見して、そうして放置しておいたわけ。本当ならひどいじゃない」

「どうして。美佐子はもう死んじゃっているんだよ。発見したからといってがたがた騒ぎたてるよりも、一歩退いてほかの人間を観察していたほうが役に立つじゃないか」

「観察がなんの役に立つって?」

「美佐子に自殺を決意させた人物の割り出しに」

「それは、あなたなんじゃないの。あなたは心中ゲームを美佐子に仕掛けたんでしょう。あなたが美佐子の遺体の様子を知っているのは、美佐子が亡くなるのを見届けたからよ」

私はとうとう言った。

6

能面の下から、くつくつとくぐもった声が起こった。泉が笑っている。

怒りにかられる一方で、全身の血が冷たく凍りついていくように感じられた。勇気をふりしぼって、質問を重ねる。

「どうやって、美佐子を不本意な死に導いたの。自分も一緒に死ぬと言っても、なにか理由が必要でしょう」

「心中ゲームなんて存在しない」

「いまさらそんな言い訳を」

「言い訳じゃない」

　雲から月が顔を出すように、能面から泉が顔を出した。こんな時でも、いや、こんな時だからこそか、総毛立つほど美しかった。

「心中ゲームは、麻子の懐に潜りこむための作り話だ」

「最初から私が心中ゲームのターゲットだったというの」

「麻子、ちゃんと人の話を聞いている？　心中ゲームなんか存在しない。未佐子を死に追いやったのは、僕じゃないし、僕の高校の誰かでもない」

「じゃあ、伸彦なんだわ。それなのに、なぜ私を探ろうとしたの」

「理解しているじゃないか」

「理解？　なにを」

「僕が麻子を探ろうとしていたってことを」

「探る、私を？」

　私は混乱していた。泉を探りこそすれ、自分が探られているとは思ってもいなかった。第一、どうして私が探られなければならないのだ。

「疑っているの、私を？」

「疑っているどころじゃないよ。僕はもう結論が出た」

泉は焦らすように一呼吸おいた。その先に続く言葉が予測できなくて、私は惚けたように泉の口もとを凝視した。そして、泉の唇は言葉を聞きまちがいようもなく正確無比にくりだした。

「美佐子が自殺したのは、麻子のせいだ」

笑いとばしたかったが、できなかった。憤るのが本当かもしれなかったが、それもできなかった。ただ呆然と、泉の声が耳に流れこんでくるにまかせていた。

「麻子は美佐子を親友だと考えていたかもしれないけれど、美佐子はそんなふうに思っていなかった。ある時、僕の前で電話がかかってきたことがあって、話している間に美佐子の様子がどんどん沈んでいった。電話が終わったあと、どうしたのって聞いたら、高校の同級生なんだけれど、意地の悪いことばかり言うのよね、って涙ぐむんだ。どんな意地悪か聞いたら、美佐子が遺伝性の病気をもっているかもしれないことを、しょっちゅう思い出させるんだって。彼女が話題にしなければ忘れられるかもしれないのに、って。彼女から体調を尋ねられるたびに、私は早死にする体なんだって思って辛くなる、って。そんな友達、切っちゃえばいいじゃないかって言ったら、すぐ近くに住んでいるからそんなわけにはいかない、両親が亡くなった時はずいぶん世話になったし、いまもいろいろ世話をしてもらっている、と言うんだ。同級生が誰のことか分かるだろう」

私は無意識に首をふった。美佐子をガン・ノイローゼにしたのはあなただと、冬美にも言われた。美佐子自身もそう思っていたのだろうか。でも、私は決して美佐子をガン・ノイローゼにしたかったわけではない。

「私、意地悪なんかしていないわ。私、美佐子のことが心配でたまらなくて、だから時おり彼女の体調を尋ねてはいたわ。美佐子がそんなふうに思っていたなんて、想像したこともなかった」

「本当にそうなの。猫が鼠をいたぶるような気持ちはなかったの」

「いたぶるだなんて。私は、美佐子が大切だったのよ。死んでほしくなかったのよ」

「でも、高校時代、美佐子は女王さまだったんだろう。麻子はいじめの経験を抱えて、庇護される弱い立場だ。恨みに思うことだって、いろいろあったはずだ」

恨み——ラヴ・レターの代筆のこと？　一晃のこと？　約束をして訪ねたのに美佐子が留守だったこと？　私の眼前を私に気づかず、母親と幸福そうに歩いていたこと？　あの時抱いた感情は、恨み？

「十数年経って立場が逆転したら、仕返しをしようという思いが心のどこかに芽生えたとしても不思議はないよ」

「立場なんか逆転していない」

「していたさ。美佐子は発病に怯える弱者で、麻子は美佐子の身を案じる強者だ。これが立場の逆転でなくて、なんなのさ」

「だって、私達は親友だったのよ。心配してなにがいけないの」

私は両手で目をおおった。目をふさいでも、泉の声は耳に侵入してくる。

「十五日に、美佐子と麻子は連絡をとった。その過程で、麻子は美佐子を絶望の淵に追いやる決定的なことを言ったにちがいない。だから、美佐子は自分で自分の命を絶った」

「美佐子から電話は来たわ。だけど、美佐子が絶望するような話はしていない。忙しかったから、すぐに切ったのよ」

「英語の話をしただろ」

「英語？　なにそれ」

「英語のことで重要な話をしただろ」

「そりゃあ、仕事が翻訳だから、そういう意味で英語の話をしたといえるけれど」

「思い出せないなら、証拠を見せてやる」

証拠？　両手から顔をあげた。

いつの間にか泉は机に移動していた。勝手にパソコンを起ち上げようとする。

体がすぐに反応できない。ソファに座ったまま、うつろに泉の行為を眺めていた。

「件名、さっきはごめん、差し出し日時、三月十五日午前十一時三十七分」

泉は大きな声で言った。なに？　と問うまでもなく、美佐子のメールを読み上げているのだ。

「そうだわ。それが実質的には美佐子から私への最後の連絡だった」

「忙しいと知っていたのに、電話してごめんね。ポジティヴの本当の意味、教えてくれてありがとう」

え、内容がちがっているのではないか。やっと立ち上がって、パソコンのところへ行った。

「なにを読んでいるの。最後のメールは確か、明後日楽しみにしていると結んであったはずよ」

モニターの文字を凝視した。そこには、まちがいなく泉のしゃべった通りの文章が連なっていた。そして、それしか書かれていなかった。

泉をどかせ、美佐子用も含め、受信ファイルの中をすべて調べた。だが、美佐子の最後のメールはそれしかなかった。いや、厳密に言うと、美佐子の死後届いたメールはある。『私に死ねと』という中途半端な文章が綴(つづ)られたものと『復讐』の二文字が記されたもの。その二通の内容に変化はなかった。変わったのは、十五日に届いたメールだけだ。

泉の開いたメールに戻って、私は眉根（まゆね）をよせた。

「ポジティヴの本当の意味？」

「なにか思い出すことはない」

そういえば、いつだったか美佐子からこんな質問をされたことがあった。

「ＢＣＧなんかで陽性とか陰性とかってあるじゃない。あれ、なんでもなかったら、英語でなんていうの」

私は、予防接種にかんして疎かった。日本語でも、予防接種の結果が陽性のほうがいいのか陰性のほうがいいのか、すぐに混乱してしまう。問題があるのは、イコール暗い、つまり「陰性」、なんともないのは、イコール明るい、つまり「陽性」という思考回路が働くのだ。

しかし、これはもちろんまちがっている。検査に積極的に反応する、つまり「陽性」こそ病原菌などがあるということなのだ。英語では陽性がポジティヴ、陰性がネガティヴとなる。しかし、美佐子の質問にも、なんともないというのは「疑いがない」などの意味をもつ「ポジティヴ」だろうと考えた。それで、そう答えた。電話での無駄話の最中に出てきた、ついでのような話題だった。

あとから思い違いに気がついた。訂正しようと思っていて、しそこなっていた。最後の電話でだって、訂正したりはしなかった、はずだ。

懸命に記憶をまさぐる。茫々と果てしもない荒野をさまようようだ。

泉がなにかしゃべりはじめた。

「17番染色体のBRCA1、13番染色体のBRCA2、その二つの遺伝子のどちらかに変異が起こると乳ガンの発生率が高くなる、両方の変異がそろうと発生率はさらにあがる、というのは、インターネットで麻子が調べたことだね」

「ええ」と、なお記憶の荒野を行きながらうなずいた。

「麻子のせいでガン・ノイローゼになった美佐子は、もちろん自分の遺伝子のBRCA1とBRCA2がどうなっているか知りたがった。アメリカじゃ病院の遺伝子診断で調べることができるけれど、日本ではそういう検査をしている機関がなかった。それで、美佐子はアメリカに行って検査しようとさえ考えた。そうだね」

「ええ」

「アメリカ行きは麻子の協力がえられなくて立ち消えになったけれど、なおも美佐子は遺伝子診断を熱望していた」

私はいつの間にか記憶を探るのをやめて、泉の話に集中していた。アメリカ行きに協力しなかったのは私ではなく、真由子だった。

口をはさもうとして、考え直した。私は、美佐子にアメリカに同行すると申し出なかった。

協力しなかったも同然かもしれない。

「それで美佐子は、粘り強くインターネットを探して、ジェネチクス・サービスという斡旋（あっせん）業者のサイトを見つけたんだ。それは、日本にいたままアメリカの医療機関の遺伝子診断を受けられるというものだった。手数料として十万円、診断料として五十万円、計六十万円という、アメリカに行くよりも安くつきそうな値段で、美佐子はインチキじゃないかとも思ったみたいだよ。でも、日本では未認可のガン治療薬とかそういったものを個人輸入する手伝いもしているサイトなんで、最終的には大丈夫だろうと判断したんだって。そして、診断を申し込んだんだ」

なんて無謀な。どうして申し込みの前に一言、私に相談してくれなかったのだろう。ジェネチクス・サービスというと、美佐子の机の引出で見つけた印刷物から、私もアクセスしようとしたサイトだ。検索エンジンにひっかからなかったのは、すでに閉鎖していたからだろう。かなりいかがわしいサイトだったのではないか。

「美佐子がそんなことをしていたなんて、聞いたこともない。いつのことなの」

「去年の十二月ごろだね」

「十二月？　そういえば今年に入ってから、日本でも乳ガンの遺伝子診断の臨床研究をするという記事を見たことがあるわ。そんな斡旋業者じゃなく、れっきとした日本の病院の話。

遺伝子診断なんかしてほしくなかったから、美佐子に教えなかったけれど。そんなことをしているとと知っていたら、そっちを勧めたのに」

「去年の十二月の話なんだから、今年の記事じゃ遅すぎるだろ。それに、美佐子は病気の相談は麻子としたくなかったみたいだよ」

「私は、そんなに美佐子に嫌われていたの」

泉は肩をすくめただけだった。

絶望がひたひたと浸水のように胸に広がってきた。窒息しそうで、何回も深く息を吸った。

「申し込んで間もなく斡旋業者から検査キットが送られてきた。口の中の皮膚を拭いとる簡単なもので、返却先も斡旋業者だったそうだよ。業者の手を経てアメリカに送られ、また業者を介して日本語の解説つきの結果が送られてくるということだった。だから、英語の読解力がゼロでも大丈夫、というううたい文句がウエブサイトにはあったそうだよ。なのに、二カ月ほどして送られてきた検査結果は、アメリカの会社名の入った英文一枚で、美佐子には全然読めなかった。それが検査結果かどうかさえ、分からなかったんだ」

「ちょっと私に見せてくれればよかったのに」

私のつぶやきを、泉は無視した。

「美佐子は、僕にその英文を見せた。白状すると、僕もよく分からなかった。ひとつの文にポジティヴとネガティヴの両方が出てきて、なんだか一般的な説明文に思えた。それで、斡旋業者に連絡をとって約束通り日本語の解説をもらったほうがいいと勧めたんだ。美佐子はその通りにした。返事が来るまでにさらに一カ月近くかかったけれど、二月の末だったか三月のはじめだったかに、美佐子からやたら明るい声で電話がかかってきた。斡旋業者から解説が来た。どっちの遺伝子もポジティヴだった、って」

神経質にまばたきをくりかえしながら、泉はそう言った。

「ポジティヴって、それは悪い意味なんじゃないかと思ったけれど、僕は黙っていた。美佐子が誤解しているなら、そのほうがいいと思ったんだ。だいたい、僕は斡旋業者を怪しんでいたし、もっと言えば、遺伝子診断なんてちっとも信じていなかったから。美佐子が元気になれば、なんでもいいと思っていたんだ」

そうよ、その通りだわ、と唇を動かしたけれど、泉の耳に届いたかどうか。

美佐子がBCGについて私に質問したのは、確か二月の末だった。斡旋業者から回答があって、そこに「陽性」ではなく「ポジティヴ」という単語が使われていたのだろう。「残念ながら」とか「今後の健康状態に要注意」という言葉でも添えられていれば、察しがついたのだろうけれど、きっと要点のみの非情な説明文だったにちがいない。それで美佐子は、なんでもないおしゃべりを装った電話の中で、私に尋ねたのだ。私はまちがって教えて、むしろよかったのだ。ポジティヴ＝陽性と答えていたら、美佐子はその場で絶望してしまっただろう。

とはいえ、遺伝子診断の原文には、それほど嘆かなくてもいいような情報が盛りこまれていた可能性だってある。一目私に見せてくれればよかったのに。

「だけど」と、泉の言葉はつづいた。「美佐子はポジティヴの本当の意味を知ってしまった。教えたのは、麻子だ」

「ちがうわ。私達、あの日、そんな話はしなかったわ」

「だって、美佐子のメールにはそう書いてあるじゃないか」

「こんなメールは知らない。以前はちがう内容だったのよ」

「そんなはずはない。このメールへの麻子の返信には、英語が嫌いだみたいなことが書いてあったじゃないか。英語にかんするやりとりがなければ、どうしてそんなことをわざわざ書くわけがある」

そんなふうに言われると、確信をもって否定できなくなる。なにしろ私は、ラヴ・レターの代筆を忘れるような人間だから。

でも、あれは二十数年前の話、こちらは高々半月ほど前の出来事。いくら私がボケていても、完全に忘却してしまうなどということがあるだろうか。

「麻子、美佐子を死に追いやった人間が分かったら復讐すると言っていたね。その犯人が分かったら、怖じ気づいたの」

「犯人、誰？」

「決まっているじゃないか。麻子だよ。麻子が、美佐子を、死に追いやったんだ」

「麻子が、美佐子を、死に追いやった」

オウムのように言葉をくりかえした。信じられないけれど、声に出すと、真実の輝きを帯びた。私が、美佐子を、死に追いやった。

「さっき言わなかったけれど、美佐子の遺体を発見した時に遺書も見つけたんだ」

「遺書を、美佐子は残していたの」

もうこれ以上なにも感じられないと思うほど私の心は打撃を受けていたけれど、それでも驚いた。

「なんて書いてあったの」

泉は頭の中に焼きつけた文章を読もうとするように、まぶたを閉じた。

「私はもうじき母のようになる。でも、あんな苦しみを味わうのはいや。そうなる前に死にます。早く分かってよかった。全部麻子のおかげです。ありがとう。遺言状は机の中です」

目を開いて、泉は懇切丁寧に説明した。

「母のようになる、というのは、つまりポジティヴの正しい訳語を知ってしまったということを意味する。早く分かってよかった、のあとに麻子のおかげと来るんだから、麻子が教えたんだと解釈できる。これだけの証拠があったんだけれど、僕は一応麻子を探ってみることにした。まちがった相手を標的にするわけにいかないからね」

けれど、私の耳にくっきりと浮かび上がって響いたのは、「全部麻子のおかげです。ありがとう」、そこだけだった。

麻子のおかげです。ありがとう。そういっても、感謝の言葉ではない。皮肉なのだ。家族性乳ガンについてよけいな知識を与えた、遺伝子診断について情報を与えあとは放置した、私にたいする皮肉、というよりも怨嗟の言葉にちがいない。

美佐子を傷つけるつもりなどなかった。美佐子にはいつまでも太陽にむかって咲く向日葵のようであってほしかった。しおれた花のようになんかなってほしくなかった。好きだったのだ。美佐子になりたいとさえ思っていたのだ。それなのに、私の愛情が美佐子を苦しめ、死を早める結果になっただなんて。

脱力して、もうなにもかもが嫌になった。最も嫌なのは、自分が生きているという事実だった。

「新着メールがあるよ」

泉の声が、どこか遠くで話しているように聞こえる。

「あけるね」

泉の手がのびて、新着メールをクリックした。私はぼんやりと画面を眺めていた。

『麻子』そうあった。

『犯人は誰。必ず復讐する。』という私のメールへの返答だった。美佐子も私が犯人だと指名したのだ。

「さあ、復讐しなきゃ」

と、泉が遠くで言っている。

「手伝ってあげるよ。でも、その前に遺書を書かなきゃね」

私は子供のようにこくんと首を動かした。


『美佐子のいない世界で生きていくことはできません。美佐子のあとを追います。麻子』

泉が口述する語句を、そのまま紙に記す。自分で考えても、やはりこれ以外の文章は綴れなかっただろう。

美佐子のいない世界で生きていくことはできない。そうだ。はじめからこうしていればよかったのだ。美佐子を殺した私自身への復讐であると同時に、美佐子のあとを追う旅。

泉にもらった催眠誘導剤を飲み、服を着たままベッドに横たわる。パジャマ姿で発見されたくないというよりも、着替えるのさえ億劫だった。

泉はさかんに動きまわっている。

「火鉢ないの。じゃあ、あのほら、外で魚なんか焼く時に使う、七輪か。あれもないの」

泉はさんざん探して、玄関から陶器の傘立てを持ってきた。ベッドの足もとに置き、持参したズックの鞄から豆炭をとりだして入れる。

「美佐子のあとを追うんだから、美佐子と同じ方法で死ぬというのは、理にかなっているよね」

まあ、そうかもしれない。催眠誘導剤が早くも効きはじめたのか、ひどくだるい。なんだってかまわない。

泉は豆炭に着火しようとしているが、なかなかつかない。百円ライターの火をかざして、傘立てに頭をつっこむようにしてふうふう息を吹きかけるという手際の悪い作業だ。

「紙や木片を使って火をつけるもんじゃないの」

見かねて言うと、

「これでいいんだよ。美佐子のところではこうやっていた」

はねつけた。そう、美佐子の真似をしているの。

私は目をつぶり、うとうとした。美佐子、もうすぐあなたのもとへ行く。待っていて。それとも、こっちへ来ないでって言われるかしら。それは悲しいな。でもしようがない、私が悪いのだから。

私の人生って、なんだったのだろう。普通なら無条件で愛してくれるだろう両親ともうまくいかなかったし、親友と信じていた美佐子からは疎んじられていた。美佐子の抜けた大きな穴をいくらかふさいでくれるようだった泉も、実は私に報復する機会を狙っていただけだった。寂しい。寂しくてたまらない。私は広大な宇宙をたった一人で漂っている。

唐突に、チャイムの音が孤独な宇宙を切り裂いた。チャイムは狂おしく何度も鳴った。音を中心に、小さなマンションの一室にある、そのまた小さな寝室が形をとり戻した。あれは、玄関のチャイムだ。

来訪者はドアまで叩きだした。

うるさい。静かにして。頭が割れる。

半眼でベッドをおりた。ぐにゃりと柔らかなものを踏んだ。かまわず玄関へ出ていく。ドア・スコープで確かめもせず、解錠してドアを開いた。

「静かにしてください」

「無事だったか」

声で、目が全開した。立っていたのは、一晃だった。

「一体なに」

「泉はどこ」

「帰ったんじゃない」

「そんなわけはない」

一晃は泉のスニーカーを指さした。

一晃は、断りもなく家にあがった。風呂場やトイレを覗く。

「ねえ、そんな失礼なことはしないで。私はいま忙しいのよ」

「死ぬのに、ね」

図星をさされて、私は吹き出した。

「どうして知っているの」

一晃はそれには答えず、なおも泉を捜しまわった。バルコニーを覗き、最後に寝室に入った。大声で言った。

「おい、大変だ。窓をあけて」

なにが起きたのか、まったく分からなかった。ともかく私は掃き出し窓をあけた。

一晃が、マグロのようにぐったりした泉の体を寝室からひきずりだしてきて、怒鳴る。

「救急車」

命令の多い人だ。

7

泉を救急車で病院に運んだ。火をおこそうと傘立てに頭をつっこむようにしている間に、一酸化炭素を吸ってしまったらしい。おまけに、一晃に発見されるまでずっと燻る炭の間近に倒れていた。病院スタッフは大騒ぎして泉を集中治療室に運び入れた。

私はといえば、しばらくの間、泉の身に起こっていることが充分に把握できなかった。眠くてたまらなく、朦朧としていた。

自分では一酸化炭素中毒に陥っているとは思っていなかった。しかし、一晃の申し出で私も治療された。酸素を吸入させられ、点滴を受けた。

私の治療は一時間足らずですんだ。終わったあと、一晃と一緒に、病院の通用口で香代子が来るのを待った。

一晃の買ってくれた紙コップのコーヒーを飲んでいるうちに、徐々に頭から霞がとれてきた。どうやら状況が鮮明になり、同時に疑念も湧いてきた。

私は、隣で忍耐の人のように座っている一晃に問いかけた。

「なぜあなたはちょうどあの時我が家に来て、あんなにどんどんドアを叩いたの。まるで中で進行していたことが分かっていたみたい」

一晃はこちらを見て、顔をトマトのように赤くした。強心臓の一晃がそんなに恥じ入るなんて、よほどのことをしたのだ。

「実は、きみの家に盗聴器を仕掛けていたんだ」

と告白した。

「一体いつそんなものを」

「昨日、きみが外出している間に」

ひどい。犯罪行為だ。でも、おかげで助かったことを考えれば、許すべきか。それに、昨日からなら、あまり赤面したくなるような音は拾われていなかっただろう。

「だけど、どうやって家に侵入したの。空巣の入りにくい、なんとかいう錠につけ替えたばかりなのに」

「ディンプル錠をつけるだけじゃ足りないよ。ドアについている新聞受けをふさがなきゃ。あそこから道具をつっこんで、いくらでもサムターンを回せる」

そうなのか。万全だと思っていたのに、がっかりだ。都のお役人に探偵と同じ真似ができないことを祈るばかりだ。

紙コップを屑籠に捨て、腕時計を見た。日付が変わろうという時刻になっている。

「家族、遅いわね。誰が電話に出たの」

「男。声が年寄りじみていたから、泉の義父じゃないか」

「ちゃんと香代子に伝えてくれたのかしら」

「もう一度電話してみる?」

一晃はポケットから携帯電話を出した。メタリック・ピンクの携帯だった。私は目を見張った。

「その携帯、誰の」

「泉の。ズボンのポケットに入っていた。家族の電話番号を知るにはこれしかなかったんでね」

「ちょっと見せて」

「ああ。アドレスはほとんど入っていないけどね」

一晃は、そう言いながら携帯を私によこした。

まず、待ち受け画面に驚かされた。泉の笑顔なのだ。子犬や子猫といったペットを連想させるかわいらしさで撮れているが、それにしても自分の顔を待ち受け画面にするなんて。

一晃の意味深長な言葉があったので、なにはともあれ電話帳を開く。

「麻子」と最初にあって、私の携帯電話と固定電話の番号、それにメール・アドレスが記されてあった。次が「泉」で携帯電話の番号とメール・アドレス、住所が登録されてあった。さらに「進矢」とあって、こちらは携帯電話の番号だけ。それで電話帳は終わっている。

「実際には、その住所から森本家の固定電話の番号を調べた」

一晃は言った。

この電話帳を見れば、一目瞭然だ。これは、泉のものではない。美佐子の携帯だ。棺に入ったはずが、泉の手にわたっていたのだ。

「見せたい人がいる」という美佐子の言葉も、これで解けた。美佐子は私に、この携帯の待ち受け画面を見せるつもりだったのだ。だから、「会わせたい人」ではなく、「見せたい人」という言い方になったのだ。

メールの送信記録を調べる。ボタンを押す手が震えて、苦労した。

あった。私へのメール、『re：さっきはごめん』という件名で送られていた。内容は『麻子』だ。四月一日二十一時十九分。泉が私のすぐ横で送ったのだ。

いろんな小細工が見えてきた。美佐子の死後届いた、三月十五日付の美佐子のメール、

『私に死ねと』、あれも泉が送ったものなのだ。携帯電話の日付を三月十五日にしておけば、あたかも二週間もどこかをさまよってから届いたかのように見せかけられる。まんまとひっかかった私は返信することで、さらに霊界からのメールを呼びよせてしまったのだ。泉は私からのメールを読んで、どんなに笑ったことだろう。

さらに、『さっきはごめん』の内容が変わっていた理由も説明がつく。泉は文章を改変したメールを三月十五日の日付にした携帯で送り、先に着いていた美佐子の本物のメールと差し替えたのだろう。先のメールを消したのは、ついさっき私の鼻先でだったにちがいない。

そして、そうだとすると、私の記憶はまちがっていなかったことになる。美佐子に「ポジティヴ」の正しい意味を伝えたのは、私ではない。ほかの誰かだ。

さっきからじっと私の顔色を読んでいたらしい一晃が、言った。

「それは美佐子さんの携帯なんだろう。泉の手にわたっている以上、美佐子さんの夫がなんらかの関与をしていることは疑いないだろうね」

そう、そうだ。それを見落としていた。

触発されたように、ある一場面が脳裏に蘇(よみがえ)った。葬儀後はじめて美佐子の家を訪れた時の、居間の光景。

私は立ち上がった。

「伸彦に会わなければならないわ」

「ああ」

一晃も、待っていたというように椅子を立った。

病院を出て少し行くと大きな通りがあり、うまい具合にタクシーが走っていた。それをつかまえ、芦辺家へむかった。

8

芦辺家の明かりはすべて消えていた。一晃は遠慮なく門扉のインターフォンを鳴らした。何度も何度もしつこく鳴らした。とうとう伸彦のざらついた声がインターフォン越しに流れてきた。

「誰」

「森本泉からの伝言をもってきました」

ぶつりとインターフォンの切れる音がした。

一晃は、門扉を開いて中に入った。私も続いた。

五分ほど経ってからドアが開いて、細面に緊張をたぎらせた伸彦が現れた。

「一体どういうことだ」

私に気がついて、伸彦はあとずさった。一晃は伸彦を押しのけるようにして家にあがった。私は一晃を居間へ導いた。

居間は、美佐子が見たら嘆き悲しむありさまになっていた。床には綿埃(わたぼこり)が舞い、部屋全体に煙草の臭いがしみついている。あちらこちらに小皿が出ていて、そこには煙草の吸殻がこぼれそうなほど捨てられていた。

ピアノの上にまでその小皿があった。母親がピアノを弾き、それに合わせて美佐子がクラシックからポピュラーまで歌いこなし、そして父親や私が聴衆になった。そういうなごやかな時間を秘めた空間だったのに、面影もない。

私はまっすぐにマガジン・ラックへ行った。今回、ラックには何日分もの新聞が乱雑に入っていた。それをかきわけた。

「あんたは誰なんだ。出ていってくれ。さもなければ、警察を呼ぶぞ」

伸彦が一晃にむかって居間の戸口で叫んでいる。一晃も私も黙殺した。

「なにを探しているの」

「辞典。確かここで見たの」

あった。英和辞典が出てきた。ほとんど未使用と見えて、きれいなものだ。けれど、ちょっと持つと自然にページがめくれた。そのページだけ折りじわができていたのだ。「positive」の見出し語が載ったページ。「positive」の上にはオレンジの蛍光ペンで太く線が引かれている。

想像が走った。憤怒で気がおかしくなりそうだった。伸彦をふりかえり、一挙に想像を解き放った。

「あなたは三島へ行く時、英和辞典のポジティヴのページを開いて、美佐子の目のつきやすいところに置いておいたんですね。二日後の三月十五日の午後、美佐子はそれに気づいたんだわ。そして、ポジティヴの意味が陰性ではなく陽性であることを知った。衝撃を受けたでしょうが、それだけでは心が一直線に自殺にむかったかどうか分からない。そこへ、あなたは電話して、美佐子が動揺していることを感じとると、実は最近美佐子の胸の辺りにしこりを見つけていた、明日にでも病院へ行ってみたほうがいい、というようなことを言ったのでしょう。美佐子はてっきり乳ガンにかかっていると思いこみ、恐慌にかられて自殺に走った」

想像ではなかった。この家にこもった美佐子の記憶が、私の脳に投影されたのだ。これは三月十五日にまちがいなく起こった出来事だ。私ではなく、この家が言っている。

伸彦は目も口も開いて、惚けたように私の告発を聞いている。否定しないのがなによりの肯定だ。

今度は一晃が言った。

「遺言状はどこにある。それとも始末してしまったかな」

伸彦の視線がゆっくりと一晃に移った。

「なにを言っているのか分からない」

「ほう、そうかい。泉は全部話したぜ。美佐子さんは遺言状を残しているって。そこには、あんたに不利になる遺言が書かれてあったはずなんだがな。勝手に処分したとすると、私用文書毀棄の罪で刑務所行きだぜ。いや、もっともその前に殺人罪になるだろうが」

私が知っている一晃とはまったくちがう、やくざのような話しっぷりだ。気の小さなお役人は、細かく体を震わせた。

「殺人罪だなんて。私が誰を殺したというのだ」

「さっきの広瀬さんの話を聞いていなかったのか。美佐子さんに決まっているじゃないか。さらに言えば、この人の殺人未遂罪もあるな」

「美佐子は事故だ。警察がそう認めたんだ。広瀬さんだって聞いているでしょうが」

「それは、あなたが障子の目張りや美佐子の涙を拭いとり、さらには遺書を破棄したからそういう結論になったんです」

「私はそんなことは……」

仲彦が言いかけるのを一晃が遮って、

「そう。それが、あんたの計算ちがいだった。美佐子さんは自殺時、遺書を残した。それも、とびきり厄介な。自殺の動機を示唆しているのはいいとして、遺言状があることまで書いていた。むろん、あんたが遺体の第一発見者なら問題はない。しかし、見つけたのは泉だった。泉は即座に三島のあんたのもとに電話を入れた。三島の番号はこの家のアドレス帳で調べたんだろう」

と私のほうを見たので、私はうなずいた。

「そう、泉が遺体の発見後誰にも知らせずにこの家を立ち去ったというのは、事実ではなかった。泉はちゃんとこの人に連絡したにちがいないわ」

一晃はふたたび仲彦にむき直った。

「あんたは遺書があることを聞くと、すぐ帰るからどこにも連絡するな、と泉に命じた。すぐ帰るといっても、場所は三島だ。どんなに急いでも、三時間やそこらかかる。その三時間の間に、善後策を考えた。生前、美佐子さんはあんたに遺言状の存在を伝えていたのかな。おそらく伝えていなかっただろう。そうであればこそ、あんたは遺書に遺言状という語が出てきたことに衝撃を覚えた。もしかしたら、とんでもない中身なのではないかと恐れた。しかも、その存在を第三者に知られてしまった以上、こっそり処分するわけにはいかない。そのうえ泉は、誰がポジティヴの正しい意味を美佐子さんに教えたのかと、猛(たけ)り狂っている。なんとかして、泉を抱きこまなければならない。そこであんたは、美佐子さんの死の原因を作ったのは麻子だということにしようと決めた」

伸彦は何度か口を開いたが、言葉は出てこなかった。

「さて、帰りついたあんたは、早速遺言状を探し出して中をあらためただろう。そして、遺産の大半が麻子に行くように遺言されているのを知った。そうじゃないのか」

「なんでそれを。泉にも見せなかったのに」

伸彦がやっと声をあげた。私を睨(にら)みつける。

「やはり、美佐子から聞いていたのか」

「とんでもない。私は遺言状があることすら知らなかったわ。でも、あなたは、もしかしたら私が美佐子からコピーをわたされているのではないかと不安だったでしょうね。それで、私の部屋を探しまわったり、それとなく泉に探らせたりしたのでしょう。泉は、芦辺さんが美佐子を殺したのだとしたら、動機は遺産問題ではないかと、何度かほのめかしたわ。泉はあなたによって私のもとに送りこまれた操り人形だったんだわ」

一晃が話をひきついだ。

「しかし、どうやら麻子はなにも知らないらしい。そこで、今度は泉が遺言状の存在を知っていることのほうが気になった。泉を煽りに煽って麻子を自殺させ、そのついでに泉も巻き込まれて死ねばいい。そういう計画を練った。炭は、言うまでもなく不完全燃焼によって事故を起こす。泉に炭のおこし方もろくに教えずに豆炭をわたして、これで美佐子さんの報復ができると教えた。美佐子さんがバーベキューに使っていたのは、マッチ一本ですぐに火がつくタイプの加工炭だったはずだ。普通の豆炭はそんなわけにいかない。泉は火をおこす過程で危うく命を落とすところだった」

「そんな」と、伸彦は掠れた声で異議を唱えた。「蓋然性の低い殺人計画などあるものじゃない。広瀬さんが一酸化炭素中毒で自殺するのを承知するとはかぎらないし、森本君が火をおこす段階で必ず死ぬともかぎらない」

「泉が死ぬ必要はないんだ。泉が麻子を自殺に追いこみさえすれば、それによって泉の弱みを握ることができる。つまり泉の口封じをできるわけだ」

「証拠なんかありはしない」

「そうかな。豆炭を買ったのがあんただという証拠は出てくるだろう。なんといっても、簡単に火がつく炭を手に入れられたりしては計画が狂うから、自分で買って泉にわたしたにちがいないんだ。それに、麻子に罪はないと知った泉がすべてを証言してくれるさ。麻子への殺人教唆が決定的になれば、美佐子さんへの殺人罪の立証だってむずかしくはない」

伸彦は、分厚い眼鏡の奥で目をきょろつかせた。反論を探しているようにも逃げ路(みち)を求めているようにも見えた。

この浅ましい男が犯人だとは思っていた。だが、本当にそうだとなると、憎しみよりも悲しみのほうが勝った。胸にしこりがあると告げられた時の美佐子の衝撃はどれほどだっただろう。夫の言葉である以上、疑いもしなかっただろう。

「なんのために嘘をついて、美佐子を自殺させなければならなかったんです」

「なんのためって、女のために決まっている」

一晃が横から言った。

「同じ都の職員だって。もう一年くらいになるとか。ちょっと調べればすぐに分かるようなつきあい方を職場でしちゃ、まずいんじゃないの」

一年も！　美佐子は知っていたのだろうか。そんなわけはない。知っていたら、さっさと離婚して殺されることもなかっただろう。

「美佐子を裏切っていたんですね」

「あんたに言われる筋合いはない」

伸彦は堰(せき)が切れたように叫んだ。

「女なんか、なんてことない。俺は美佐子を愛していた。ずっと愛していたんだ。だが、この家で俺はあくまでも婿養子でしかなかった。美佐子はいつまで経っても妻であるよりもこの家の娘だった。両親が亡くなった時は、これでやっと本当の夫婦になれると小躍りしたよ。しかし、ちがったんだ。両親のかわりを埋めたのは、俺でなくて、女友達だった。そうだ、広瀬さん、あんただよ。俺はやっと目が開いた。美佐子は便宜上俺と結婚しただけだった。美佐子が愛していたのは、あんただ」

仲彦はいくらか声を落とし、どことなく悲しげに続けた。

「そうさ。俺は美佐子にポジティヴの意味を教えてやった。だが、自殺させるためじゃない。腫脹は本当にあったんだ、わきの近くに、ぽつんと小さく。面とむかって言うのは辛いんで、三島から電話でそれとなく匂わせたら、美佐子のやつ、私の遺伝子は健全だ、麻子が英単語の意味をまちがえるはずはないと言い張るから、英語の辞書を買ってきて調べればいいと、電話を切ったんだ。まさか辞書で調べた挙げ句、自殺するなんて思いもしなかった」

「じゃあ、この英和辞典は美佐子が買ったと？」

「どうせ駅前の本屋へ行ったんだろうから、店主が美佐子が買ったと証言してくれるはずだ。英語の辞書なんか、そう出るものじゃないからね。俺が美佐子を死なせたいわけはないじゃないか」

私と一晃は、拍子抜けして顔を見合わせた。美佐子の自殺が伸彦の意図によるものでなかったというのか。簡単には信じられない。

ただ、そのほうが美佐子のためには嬉しい、か。殺人を企むような男を夫にしていなかったということだから。

一晃が私を指さした。

「それでも、この人を泉に殺させようとした罪は残る」

「警察に訴えたかったら、訴えればいい。豆炭を買ってわたしたからといって、殺人教唆になどなるものか。泉が嘘つきだというのは、同級生の間でも評判だそうだからね」

窮状を打開したつもりか、伸彦はうそぶく。一晃は諦めない。

「美佐子さんの遺言状を忘れちゃいけない。あれは、あんたの殺意を立証するものになるはずだ」

「こんな家、ほしければくれてやるさ。未練などない」

私は驚愕して聞いた。

「私にこの家を残すと、そういう遺言状だったんですか」

「そうだよ。おめでとう。いい友人をもったものだ」

間髪をいれずに、一晃が言った。

「だから、麻子を亡きものにしようとしたんだな」

「そうだ」

返答してから、伸彦は手で口をふさいだが、もう遅かった。一晃はにやりと笑って、ズボンのポケットから携帯をとりだした。

「いまの台詞、録音させてもらったよ」

伸彦は、ガラス玉のような目になって携帯を見た。

終章　すごく苦い

ピーという音がして、ご飯が炊けた。これですべての準備が整った。あとは泉が来るのを待つだけだ。

泉は危うく一命をとりとめた。回復後警察の取り調べは受けたらしいが、被害者扱いだったとかで、家裁に送られることもなかったと、一晃が知人の刑事から聞いて教えてくれた。ちなみに、伸彦は泉と私との殺人未遂で起訴された。

私は、一晃に泉のことでいくつか調べてもらった。それから、全快祝いをしたいと泉に電話した。断られるかと危惧したけれど、泉はわずかに逡巡したあと承知した。

全快祝いは五月五日、こどもの日。べつにこどもの日でなくてもよかったのだけれど、とにかくその日になった。

五時。玄関のチャイムが鳴った。洗面所の鏡を覗いて、化粧ＯＫ、髪型ＯＫ、服装ＯＫ、私ができうる範囲内での完璧さを確認してから、玄関へ出ていく。

誰何せずに、施錠を解いてドアをあける。泉が立っている。学校の詰襟を着ている。少し背がのびたようだ。約一カ月、顔を合わせなかっただけなのに。

　きまり悪げな上目遣いだ。以前のように我がもの顔で入ってくることをしない。そこも変わったのだ、この一カ月間で。

「よく来てくれたわね」

「うん」

「お入りなさい」

「うん」

　泉は行儀よく靴を脱ぎ、私の背後からついてくる。ひそやかな緊張が背中ごしに伝わってくる。

　さて、どうやってほぐしたものか。案じたが、居間に入るとわりと容易に昔の泉に戻った。まず、サイドボードの上の写真を目敏(めざと)く見つけた。

「これが妹？」

　来日した時のナオミの写真だ。二人で東北へ三泊四日の旅をした。温泉旅館で浴衣(ゆかた)を着てはしゃいでいる時のナオミがいっとういい顔に撮れていたので、それを飾っている。

「そうよ。かわいいでしょう」

「ふん。僕はあまり白人は趣味じゃないんだ。麻子のほうがずっときれいだよ」

「喜ぶべきかしら、怒るべきかしら」

「もちろん喜ばなきゃ。美にかんしては妹だってなんだって負けたくないというのが、女心でしょう」

「まったくどこで覚えた感性なんだか」

「あ。これって、セクハラ？　すいましぇーん」

泉は悪びれずに首をすくめた。

ほぼ以前の泉が戻っている。しかし、どこか芝居しているようにも見える。

「それで、妹とはうまくいったの」

「まずまずってところかしら。妹は最初からなんの気兼ねもなく私に甘えてくるんだけれど、とにかく私は妹という存在がはじめてなものだから、いろいろ戸惑ってしまって」

「でも、悪い関係ではなかったんだね」

泉は嬉しそうに表情を崩した。会ったことのない異母きょうだいのことを考えているのかもしれない。

そういえば、入院中、泉の義理の兄は一度でも泉を見舞ったのだろうか。香代子は毎日病院へ看病に行ったのだろうか。

事件の翌朝、眠れぬままにふたたび私が病院へ行くと、家族がまだ誰も来ていないと看護師に告げられた。慌ててもう一度森本家に電話してようやく香代子に話がつうじ、香代子は病院へ飛んできた。しかし、心配しているというよりは、爆発寸前の火山といった趣だった。

私はそれ以来、病院へは近づかなかった。爆発のとばっちりを恐れたせいもあるが、妹の歓迎で忙しいということもあった。泉が一週間後に無事退院したと伝えてくれたのは、一晃である。

泉はお気に入りだったソファに座った。夕飯にするにはまだ早い。私も隣に座った。

「妹のことをもっと話してよ」

「ええ。いいわよ」

東北へ行ったのは、ナオミが私の母に会いたいと言ったからだった。彼女の母親からなにやらお土産を預かってきたらしい。どんなことになるか想像もつかなかったけれど、半ばやけっぱちでナオミの要望に応えた。

母は案外穏やかにナオミと会った。お土産も受けとった。なにか思い出のあるらしい布で作ったキルトの膝掛けだった。

もう昔の憎しみは水に流したのかと思ったけれど、それ以降、ぷっつり母からの連絡が跡絶えた。私が電話をしても、出ない。毎日恨みがましい電話が来るよりはましかと思うけれど……。

こういう話は、泉にはしなかった。アルバムをめくりながらもっぱらナオミとの楽しい東北旅行に終始した。

ふっと言葉を切って泉を見やると、大きな目とぶつかった。

なぜこんな澄んだ瞳(ひとみ)をしているのだろう。まるで幼児のようだ。心の中は鬼婆(おにばば)と称した女性に預けられていたころそのままなのではないか。気持ちが乱れた。

「ご飯にしましょう」

少し唐突だったが、そう言った。

全快祝いだから、とりあえずお赤飯である。しかし、私でさえ苦手なものを泉が好むわけはないと判断し、こちらは市販のものを少しだけ用意して、あとは白いご飯にした。当然尾頭つきの鯛(たい)をつける。だが、やはり肉がないと物足りないだろうと、サイコロ・ステーキをおまけにする。醤油(しょうゆ)味のサラダにはわかめや大根といった材料を使い、あとは三つ葉とソーメンを浮かべたお澄まし。全体に和風の仕上がりだ。デザートも葛餅(くずもち)を用意した。

一三五ミリリットルのビールをあけて、乾杯した。

「全快おめでとう」

「ありがとう」

と言う時、泉の顔がかすかに陰った。一酸化炭素中毒に話が触れると、私になにをしようとしたか、嫌でも思い出さないわけにいかないのだろう。私は気づかないふりをした。

意外にも、泉はお赤飯をおいしがって私の分まで食べた。

「ほら、日本人だから」

「私だってそうよ」

「イギリスでの子供時代が邪魔しているんじゃないの」

「そうなのかしら。そうね。子供のころの経験って、否応なく体に染みついてしまうものだから」

父の帰らなくなった家で、母が私に辛く当たったあのころが、いまの私を形成している。泉の原点は、鬼婆に預けられていたころにあるのだろうか。

七時半、デザートまで終わった。

「紅茶、飲む？　ナオミがお土産に持ってきてくれたんだけれど」

泉に手伝わせてテーブルを片づけながら、そろりと切り出す。すでにすっかり事件を不問にされたと思っている泉は、いそいそとうなずく。

お湯を沸かし、ティポットとティカップを温め、ナオミの持ってきた茶葉をポットに入れる。それをすべて、泉の目の前でやった。ティポットに熱湯を満たし、七分間待つ。

「苦くなりすぎない？」

「本場仕込みの腕を信じなさい」

それぞれのカップに六分目ほど、お茶を注いだ。

「味を見て、ミルクで自分の好みの苦さに調節してね」

ミルク・ピッチャーを泉のほうへ押しやった。

泉は神妙な面持ちで紅茶を味見した。

「すごく苦いや」

ピッチャーに手をのばし、ミルクをカップの縁まで入れて、ふたたび味見した。

「どう？」

「まだ駄目」

「でも、多分それで充分」

「充分って、なにが」

「ナオミがなにをしている子か、言っていなかったわね。ナオミは、大学で化学を専攻しているの」

泉は面食らった様子でカップをソーサーに戻した。

「ナオミは、熱帯性の昆虫類が地球温暖化のせいで先進地帯にまで進出しだしたことを懸念しているの。未知の病原体を媒介する可能性があるということで。そして、新しい殺虫剤を開発することに情熱を燃やしているわ。研究室では最近、ナオミの研究データからは少しずつれるけれど、とても強力な殺鼠剤を開発したんですって。餌に混ぜるタイプで、茶色っぽい粉、無臭、ただし使っている化学物質のせいで苦いらしい。速効性はないの。毒を食べたあと仲間のところまでたどりついて、そこで毒を撒き散らしてもらうために」

「欧米人らしい人間中心主義の情熱だね。環境が変化すれば生態系も変わるのは、地球史の上では当たり前なのに、それが許せないんだ。そもそも、欧米人は自分の主義主張が一番だという思い込みが強すぎない？　そういうのって争いのもとだよ」

「あなたも危ない主義をもっているでしょう」

「僕が？　そんなことないよ」

「もっているわよ。中年の女が憎いという」

「なにそれ。そういうのも主義っていう？」

「自分の世話を焼く中年の女すべてに殺意を抱くとなると、主義といえるんじゃないかしら」

泉は用心深い顔つきになった。

「麻子、なにが言いたいの」

「あなたが美佐子を殺し、そして私を殺そうとした理由」

泉は大袈裟に目を丸くした。

「僕が美佐子を殺したっていうの」

「そうよ」

「だって、美佐子は伸彦の不用意な発言で自殺したんだよ。僕が復讐心から麻子を死なせようとしたのは事実だけれど、それも伸彦にうまいこと操られたからで、僕自身だって殺されかけたんだ。警察だってちゃんとそう認めたじゃないか」

「そうね。伸彦は美佐子にわきの近くに腫脹ができていると伝えた。それが美佐子を恐慌に陥れたのはまちがいないと思う。でもね、冷静になって考えてみると、それですぐに美佐子が自殺を図ったのだとしたら、解せない点があるの」

私はエースを切った。

「美佐子の遺体を発見した時、あなたはどうして芦辺家にあった英語の辞典に気づかなかったのかしら。美佐子はそれを自分で買ってきて調べたあと、おそらく目につきやすい場所に放り出してあったはずよ。あなたがあれを見かけていれば、私が電話でポジティヴの正しい意味を美佐子に教えたのではないということは、即座に了解したにちがいないわ。つまり、あなたは私に復讐しようという気は起こしていなかったはずなのよ」

泉は少しの動揺も見せなかった。

「僕は、気づかなかったんだ。きっと伸彦は、美佐子がどこかに仕舞いこんでいた辞典を居間に移動したんだよ」

「横着な伸彦がそんなことをするかしら。そもそも私は、居間に辞典があったとも言っていないけれどね」

泉はあっという目をしたが、すぐに笑顔を繕った。

「辞典は居間にあったの？　なんとなく口から出たんだけど、まぐれ当たりしたんだ」

私は喉だけで笑った。

「べつに私は、あなたが英語辞典を買ってきて美佐子に見せたと思っているわけじゃないの。ただ私は、恐慌状態に陥った美佐子があなたに連絡をとって、それであなたが駆けつけて、美佐子を死に誘導したのではないかと思っているの」

「僕が美佐子を自殺させただなんて、どうやって」

「あら。あなたはずっと方法を示してくれていたじゃないの、心中ゲームという名称で。私に実行してみせてもくれたじゃない」

「麻子のは伸彦が考え出したんだよ。おまけに見事に失敗したじゃないか。第一、僕は美佐子のファンだったんだよ。どうして美佐子が死ぬのを見たいなんて思う?」

私は思わず溜め息をついた。

「あなたが美佐子のファンだなんて、表面上のこと。あなたは美佐子を石井美佐子と同一視していたのよ」

泉の顔色が青い絵の具を一刷きしたように変わった。

「石井美佐子、香代子が夜勤の時、あなたを預かっていた鬼婆よね。婆といっても、香代子の高校時代の友人なので、香代子と同い年。つまり、私や美佐子と同い年」

一晃に依頼して調査してもらった泉の幼い日々。泉は、石井美佐子によって、本人が語ったよりはるかに惨い扱いを受けていたようだ。寒い夜空の下、パンツ一枚で外廊下に立たされていた泉を、同じアパートの住民が覚えていた。一度や二度ではなく、しょっちゅうだったらしい。殴られたような痣や煙草の火を押しあてられた跡も絶えなかったという。

香代子が泉をそんな女に預けたのは、不倫の恋で子供を産んで家から勘当され、ほかに頼る人がなかったせいもあるだろう。だが、そればかりでなく、息子の痛みにたいして鈍感だったのだと思う。

しかし、そういう幼児体験をもつからといって、石井美佐子と同い年のすべての女に悪意をむけられてはたまらない。

一見には、中学時代に泉がしでかしたという悪さについても調査してもらった。そのほとんどは万引きだったが、中で一件異色のものがあった。近所の主婦にすれちがいざまにお習字の墨汁を投げつけたのだ。

相手は泉の同級生の母親で、よく見知った仲だった。それなのに、ブランドものの高価なスーツを台無しにしたのである。彼女が香代子と同年齢だと知っていなければ、泉はそんな悪質な行為はしなかったのではないか。

「あなたは、美佐子というちに、名前が同じこともあって、彼女に石井美佐子を重ねあわせてしまったのでしょう。そして、美佐子が苦悩するのを見るのに快感を覚えた。あなた、以前言っていたわね。王さまがホームレスになるのを見て喜ぶのは人間の本性だって。あれは私にむけて言ったのではなく、自分自身の思いを吐露していたのね」

泉はまだ平静さを保っている。

「美佐子が鬼婆と同じ名前だから憎らしかったとしても、麻子はどうなの。なぜ僕が麻子に死んでほしいと思わなければならないの」

「私を死に追いやろうとしたのも、美佐子の場合と同じ理由。最初は、自分の行為を知られないために、伸彦のくだらない企みを手伝っていただけなんでしょうけれど、そのうちに私も石井美佐子と重なったんでしょう。最後は積極的に私の精神を追いつめていくのを楽しんでいた。ちがうかしら」

泉は肯定も否定もしなかった。ふたたびカップを手にとった。中の液体を凝視する。頰に落ちる睫の影が濃い。

「麻子、さっきから紅茶を一口も飲んでいないね」

「ええ、そうよ」

「なにが入っているの」

泉は遂に聞いた。私は淡々と言った。

「さっき説明したでしょう。ナオミの新しい殺鼠剤。我が家の近所の鼠に試したいからといって、持ってきてもらったの。人間に試すのはこれがはじめてなので、致死量には足りているけれど、さて、どのくらいで効き目が現れるかしら」

泉は私の目を見つめた。私はたじろがず、正面から受けとめた。

たとえ腫脹があったとしても、ガンだったとはかぎらない。ガンだったとしても、死ぬとはかぎらない。それなのに、美佐子は病院へ行って確認もせず、自殺を選んだ。選ばせられた。自殺を仕組んだ張本人は罰を与えられないどころか、被害者面をしてのうのうと生きている。それは許せない。

「謀ったな」

唸り声をあげ、泉は勢いよく立ち上がった。

「どこへ行くの」

「病院」

「一酸化炭素中毒の時のように病院が役立つかしら。なにしろ未知の物質ですもの。お医者さんは、どうやって解毒できるかしら」

泉の顔に徐々に絶望が広がっていった。事態がどれだけ切迫しているか、やっと理解したらしい。

「駄目なのか。もう絶対に助からないのか。せっかく一酸化炭素中毒から生き返ったのに。ひどいよ。僕はまだ死にたくない」

泉は虚脱して座り、めそめそと言った。このまま朝まですごせば、薔薇色の頰にはしわが走り、栗色の髪の毛は真っ白に変わるかもしれない。私はその嘆きを心地よく眺めていた。

充分なころあいを見計らって、言う。

「私、解毒剤をもっているわよ」

泉の表情が輝きかけたところへ、ぴしゃりと叩きつける。

「でも、ここにはない。ある人物に預けてあるの」

「持ってこさせろよ、いますぐ」

泉はテーブルごしにつかみかかってきた。いくら女の子っぽくても、いざとなると男の迫力に満ちている。すんでのところで立ち上がり、威厳をこめて言った。

「お行儀よくなさい。そんなふうだと、解毒剤を捨てるように、指示を出すわよ」

泉は、苦しげな息を吐いて椅子（いす）に崩れおちた。

「どうすれば、どうすれば解毒剤をくれるんだ」

「考えれば分かるでしょう」

土下座して謝ればいい、ただ一言、ごめんなさい、と。そして、もう二度としませんと誓ってくれれば。

「なに。奉仕しろとでも」

「え」

泉の全身から死への恐怖が消え、かわって強烈な侮蔑（ぶべつ）が噴き出した。

「みんなそうなんだ。母親のような顔をして、結局はただの薄汚い女でしかないんだ」

「ちょっと待って。なにを言い出すの」

「美佐子もものすごくやさしかった。僕を養子にしたいなんて言ってくれた。親っていうのはこういうものかと思ったよ。だけど、ちがったんだ。ガンかもしれないと分かった時、もうじき変わってしまうからとブラウスの胸を開いて僕にすがりついてきて、そんなふうに迫られると僕も男だから……」

泉は、吐き気でもこらえるように両手で口をおおった。

私は腰を抜かしそうになって、椅子の背もたれにつかまった。

「美佐子はあなたを愛していたの。あなたの殺意は、愛が理由だったの」

進矢のことは美佐子が異性として愛しているのじゃないかと疑った。けれど、泉相手にはまさかと思っていた。せいぜいペットがわりだろうと想像していたのに。

「愛？　知るものか。終わったあと、自己嫌悪に襲われて、死にたい、一緒に死のうと言ったら、美佐子は喜んで承知したよ。でも、美佐子が死ぬ前に部屋を片づけたいなんて言い出したものだから、じゃ同じ時間にお互い自分の部屋で死のうと約束して別れたんだ」

うふっと、泉は泣き声とも笑い声ともつかない声を出した。

「渋谷で友達とばったり出会ってゲーセンで遊ぶうちに、こっちは生きる気力をとり戻したけれど、美佐子はそうじゃなかったみたい。翌日訪ねたら、あの状態だった。僕の写真を待ち受け画面にした携帯を抱きしめて死んでいるのを見た時は、なんともいえない気分だったよ。そう、美佐子の目尻には涙の跡なんかなかったんだ。美佐子は幸せそうにほほえんで死んでいた」

美佐子ったら、なんて馬鹿なの。少年の気紛れな提案を本気にするなんて。

泉は、寂しいような恨めしいような目をして私を見た。

「麻子は信用できると思っていたんだ。あんなひどいことをしたのに、全快祝いを開いてくれるっていうんだからね。麻子こそ無償の愛をくれる母親みたいな人だと思った」

母親の無償の愛。なんてこと。この子はまだそんな見果てぬ夢を追っていたのか。

「まさかこんな罠を仕掛けているなんてね。もっとも寝ているところをキスしたんだから、信用できる人じゃなかったんだ」

頬に火がついた。泉はあの時、目覚めていたのか。

「あれは、たまたま息を嗅ごうとして唇が触れただけ。高校生相手に下心なんかもっていないわ」

「へえ、じゃ、どうしてこんな真似するのさ」

「あなたに反省してほしかったのよ。美佐子の苦しみを感じて、二度と誰かに同じ仕打ちをしないように誓ってほしかったのよ」

「そりゃ、もうしないよ。できないよ。死んじゃうんだものね。本当は解毒剤なんかないんだろ。いいさ。もうどうでも。ああ、なんだか気持ちが悪いや」

泉はテーブルに突っ伏した。その細い肩には憎しみも怒りもなく、遣る瀬なさだけが漂っていた。

私の中にも遣る瀬なさが募る。美佐子の無念を少しでも晴らしたいと思って仕組んだことだった。その目的は果たしたけれど、達成感はどこにもない。美佐子と同じくらい私も馬鹿だ。

「平田さん、お願い」

寝室にむかって呼びかけた。

寝室の戸が開いて、一晃がのっそりと現れた。突っ伏したままの泉の肘をつついた。

「ほら、解毒剤だ」

泉は顔をあげ、宇宙人でも見るように一晃を眺めた。それから、一晃の手に握られている小瓶に気づいた。

「これで、解毒されるの」

「ああ。飲めばいいそうだ」

泉は奪うようにして小瓶を受けとり、喉を鳴らして一気に飲んだ。

「さて、ママさんのもとに帰るんだな。もう二度とうちの嫁さんには近づくなよ」

泉は私と一晃を交互に見た。なにか朝の光のようなものがその瞳に閃いた。一瞬後、泉は無表情の仮面をつけて椅子を立ち、部屋を出ていった。

玄関ドアが閉まるのを見届けてから、一晃は私をふりむいた。

「警察に告発しなくていいのか。あんなことを言っていたけれど、本当に殺意がなかったのかどうか怪しいもんだ」

私は物憂く首をふった。もう二度と泉を疑いたくなかった。

「ま、少年院に入っても、いま以上の罰を受けることはないものね。きみへの殺人未遂が泉の主導とでもなれば、伸彦はお咎めなしになるかもしれないし、それは避けたいところだろう」

私は冷めてしまった紅茶をちょっと飲んだ。一晃は眉をひそめた。

「それ、大丈夫なの」

「すごく苦い。でも、殺鼠剤なんか入っていないの。解毒剤だって、ただの塩水よ」

「そうか。そうだよな」

「もしかしたら、泉に全部見破られたかも」というのは、私の願望か。

「そうかな。なかなか迫真の演技だったよ」

一晃はなんだかわざとらしくくすくす笑ってから、私を上目遣いで見た。

「で、怒っていないの」

「なにを」

「さっき泉にきみのことを」

嫁さんという言葉を、一晃は口の中で濁した。

「なにか悪く言ったかしら」

私はすっとぼけた。

「あ、聞いてなかったの。そう」

一晃は私の紅茶に手をのばして一口含み、「本当に苦いや」としかめっ面をした。

解説――嘘の理由

内藤みか

私は、美男子の嘘に翻弄されたことがある。

私にたくさんの嘘のシャワーを浴びせかけたのは、瞳が大きく、まつげが長く、綺麗な顔をした年下の美男子だった。私よりもウエストが細く、私よりも可愛く甘えた声でカラオケを歌ってくれるような女の子っぽい部分がある愛おしい男の子だった。ルックスがとてもいいのに駅のホームで寝てしまうなど少しだらしないところがあり、次になにをしでかすかよくわからない危うさを気にしているうちに、私は彼を追いかけることに夢中になっていった。

後でわかったことだけれど、「恋人がいない」と言っていたくせに、彼には同棲している彼女がいた。私はそれを知らずに彼に本気になり、そして本気になればなるほど彼は私を煙に巻いた。

全然違う自宅の住所を教えられ、訪ねていって恥をかいたこともあるし、デートの待ち合わせをすっぽかされて「知らない男に拉致されていた」なんて嘘をつかれたこともある。

人から見れば、振り回されオロオロしている私はとても滑稽だろう。いい年して若い男に熱くなるからこんな目に遭うのよ、と冷たく言い放った人もいた。私だってあの時の私を思い出すたびに、なんてバカだったんだろうと恥ずかしく思う。ちょっと考えれば嘘だとわかるはずなのに、どうして彼の稚拙な言い訳を鵜呑みにしてしまったのだろう、と。

この本には、泉という美男子が登場する。彼も嘘つきだ。その場その場で、自分に最も都合のいい嘘を選んで、相手の追及からすり抜けていく。時に狡く、そして時に危うい。そして彼と共に親友の死の謎を追う麻子は、泉の言葉を疑いもしない。

麻子のほうにこそ危うさを感じる人もいることだろう。どうして彼の言い分を素直に信じてしまうのだろう、もう少し用心深くならなくちゃだめじゃないの、と。

私には麻子の気持ちがわかる。ひとりぼっちで翻訳をしている麻子と、ひとりぼっちで小説を書いている私のさみしさは、きっと同じだろうと思うから。

事件の核心に近づきつつも、麻子は日々の締め切りをこなさなくてはならず、文中にこんな一言が出てくる。

『どんな状況下にあっても、人間、生きていくかぎりは経済活動をやめられないのだ』

私はここに強く共感した。ご主人がいれば、彼女はここまで精神的にも経済的にも追いつめられてはいない。でも一人で稼いでいかなくてはならない女はいる。労働に追われ、恋人をつくるゆとりも失い、ますますさみしさに拍車がかかる。悪循環である。

さみしい時に、近づいてこられると、女は弱い。人恋しい時に、必要以上に親しげな振舞いをされたら、その人に心を許してしまう。ましてや相手が人目を引く美男子だったら、なおさらに。

泉は気まぐれな猫のように、突然麻子の家に現れたり、かと思うとしばらくは姿を現さなくなったりして、人の生活リズムを乱していく。乱されれば乱されるほど、彼が自分の人生の中で大きな位置にあるような錯覚を起こしてしまうのを狙っているかのように。

私も、私を翻弄する美男子に、心の中では微かに疑惑の念を抱いていた。次に会った時には確かめてみなくちゃ、とも思っていた。でもそれは、美男子の顔を見た瞬間に見事に消え去ってしまう。

目の前に現れた彼があんまりきらきらしていて、彼がこちらを見つめて何かを語りかけてくれるのが嬉しくて、ほんの少しでも優しくしてもらえたら舞い上がって、少しでも退屈そうにしていたら心配で……。

そう、彼の一挙一動に一喜一憂しているうちに、彼への追及を忘れてしまう。彼と過ごしている〝今〟に夢中で、他のことを考える余裕なんてなくなってしまうのだ。そして嵐のように彼が去り、今度はいつ会えるのだろうとため息をついた途端、自分が彼に尋ねそびれていた疑念を思い出す。私の場合は、この繰り返しだった。彼に恋をしていたから、その場の楽しさに溺れてしまっていた。

美男子とは、嘘つきな生き物である。

正直者の美男子を私は見たことがない。

たとえば、恋人の有無について。

彼女がいるの？　と問われると、ほとんどの美男子は「いませんよ」と答える。そしてこれが、大抵の場合、嘘なのだ。

彼女がいない、と嘘をつくのは、ホストや出張ホストだけではない。普通の大学生も、町の美容師さんも、宅配便のお兄さんまで、かなりの確率で、彼女がいるのにいないと言っているのを、私は知っている。

彼らに「どうして彼女がいないということにしているの」と突っ込むと、

「だって、そのほうが、トクだから」

と返ってくる。

女性達は「彼女がいる」と言うと、一様につまらなそうな顔をする。そうすると一気に場がシラけるので、人が嫌がることを伝えるのは気が進まないのだそうだ。

逆に「彼女がいない」と答えると、女性達の顔は、ぱっと輝く。どうせならうれしい表情を見たいし、そのほうが場も盛り上がる。それにフリーだと言ったほうが、気軽に誘ってもらえるから何かと楽しいし……。

思いやりがあるんだか残酷なんだかわからないが、これが美男子流の「嘘の理由」である。

男性は時に、既婚者なのに「独身だ」と嘘をつくことがある。彼女もちの美男子の嘘はこれと同類かと思われがちだが、大きく違う。

既婚者が独身だと嘘をつく時、それは、不倫という性的関係を前提にしていることが多いのではないか。つまり自分自身が、いい思いをしたいからであろう。

けれど美男子がフリーだと嘘をつく時、それは、決して目の前の女性との性的関係を望んでいるわけではない。これは彼らなりの自衛術なのだ。

美男子はしばしば、同性からも異性からもそのルックスのせいで、嫉妬を向けられる。彼らが恋人の存在を巧みに隠すのは、攻撃されたくないからでもある。「いいよな、お前は顔がいいから彼女がいて」などと、チクリと言われ続けてきたからこそ、羨望されそうなことを表面に出したがらなくなったのだ。

泉もきっと自衛のために嘘をつき続けていた。お金持ちのお坊ちゃんで成績優秀でルックスもいい。そんな奴がいたらチクチク言われて当然だ。だから彼は攻撃を避けるために、家のことを隠し、授業もサボり、自分の顔をも傷つける。これが彼なりの社会適応法なのだ。非常に屈折しているように見えるかもしれないけれど、泉は泉なりに「人に不快に思われないために」嘘をつかなくてはならなかったのだ。そしてそんな風に彼を追いつめてしまったのは、何かと妬(ねた)んだり恨んだり人と比べたりしがちな、この社会なのではないだろうか。

この本の中で、麻子は何度もさみしいと語っている。けれどよりさみしいのは、世の中と打ち解けることができずに嘘を重ねている泉のほうだ。彼は、嘘をつくその姿さえもが悩ましく、美しい。美男子ゆえの嘘を、私は愛さずにはいられない。

——作家

この作品は二〇〇五年二月角川春樹事務所より刊行されたものです。

愛が理由

矢口敦子

平成20年10月10日　初版発行

発行者――見城徹
発行所――株式会社幻冬舎
〒151-0051東京都渋谷区千駄ヶ谷4-9-7
電話　03(5411)6222(営業)
　　　03(5411)6211(編集)
振替00120-8-767643
印刷・製本―中央精版印刷株式会社
装丁者――高橋雅之

幻冬舎文庫

ISBN978-4-344-41215-6　C0193　や-10-3